Le vol du héron

Du même auteur :

Romans

Deux châtaignes en poche
Edition le Mot Passant (2009)

Un autre jour et ailleurs
La colère du fleuve
Frontières
The Book Edition

Le vol du héron

Roman

Bruno Auboiron

Edition Mouette

N°ISBN : 978-2-917250-60-0

Crédit Photo : Nadège Sanlefranque
Maquette Première de couverture : CaL's Design
Mise en page : PLC

Ce n'est pas rien d'être éclusier
Jacques Brel

à Jean Bazola,
mon professeur de français...
à tous les passionnés des canaux,
à terre et sur l'eau...

à Joëlle,
pour sa relecture attentive et ses notes de lecture...

1

D'un ample et souple battement d'ailes, un héron couleur cendre glisse sans bruit au-dessus de l'eau endormie du canal. Il frôle la cime des peupliers qui offrent ombre et protection à l'immobile chemin d'eau. Leurs feuilles s'animent sous le souffle léger de la brise. Le grand oiseau trace plusieurs cercles éphémères autour de la maison éclusière, en partie dissimulée par la brume vaporeuse de ce matin de printemps.

Au même instant, entre les murs chaulés de la chambre où la lumière du jour n'entre que par les deux cœurs sciés en creux dans le chêne des volets clos, je crie de toutes mes forces nouvelles.

Première manifestation de colère.

Contre ma volonté, je viens d'abandonner l'abri douillet et chaud du ventre de ma mère pour suffoquer dans l'air rare et froid du matin dont mes poumons se remplissent. Nu entre les mains rugueuses de la sage-femme, je remue désespérément bras et jambes de manière désordonnée et fort peu efficace. Je cède doucement et j'essaie, dans la douleur, d'appréhender mon nouvel environnement. Le choc est violent.

Comme les cigognes ailleurs, portant dans leur bec un linge aux extrémités nouées protégeant le nouveau-né, le héron est le messager porteur d'enfants du peuple des canaux…

Suis-je le bienvenu ? Je ne le pense pas car ma famille est déjà nombreuse. Trois jeunes enfants, mes sœurs et mon frère, courent déjà. Ils trébuchent contre les racines et les trous du mauvais chemin de halage, miné par l'eau, les rats et la sauvagine. Ils se dépêchent pour annoncer la nouvelle de ma naissance à leur grand-père, et donc le mien aussi désormais. Mon grand-père paternel habite une pauvre maison à l'entrée du village. La vigne vierge recouvre l'ensemble des murs et grimpe sur le toit, faisant presque disparaître la maison à la vue du passant.

Il est le dernier de mes ancêtres ; mes trois autres grands-parents ont quitté, sans regret, cette terre où ils ne connurent que peines et misères quotidiennes. Les parents de ma mère, journaliers dans les fermes alentours, vécurent une vie d'incertitude du lendemain et d'inquiétudes. Abandonnant trop souvent le maigre contenu de leur assiette au profit de celles de ma mère et de ses trois sœurs, ils devinrent secs et ridés comme deux ceps de vigne trop âgés ayant depuis longtemps donné le meilleur d'eux-mêmes. Ils moururent dans la même semaine, discrètement, en n'ayant connu que la faim et l'espoir toujours déçu. Ils s'éteignirent doucement, comme la flamme d'une bougie privée d'oxygène.

Ma seconde grand-mère, la mère de mon père, c'est l'eau qui l'a tué. Percluse de rhumatismes à force de vivre au bord du canal, les mains dans l'eau et dans l'humidité saturée de leur maison éclusière, ses forces l'abandonnèrent très vite, bien avant que mon père ne soit en âge de subvenir à ses besoins. Elle partit dans une dernière quinte de toux. Elle baissa une ultime fois ses paupières dans cette chambre où je viens de naître.

Ce grand-père, le seul qu'il me reste, traîna sa misère autour de l'écluse, jusqu'au moment où mon père le remplaça aux lourdes et rétives manivelles des portes en fer et des vantelles. C'est donc lui, retiré en marge du canal mais pas suffisamment pour l'oublier, que mon frère et mes sœurs vont prévenir.

Guillaume est l'aîné. Du haut de ses dix ans, il tyrannise ses cadettes. Il se montre particulièrement inventif pour imaginer des méchancetés, toujours renouvelées, à perpétrer à leur encontre. Ils glissent des limaces et des grenouilles vivantes dans les souliers le matin, se cache derrière un buisson sur le chemin de l'école pour leur faire peur, et le soir dépose une poignée d'orties entre les draps rêches de leur lit commun. Bien sûr, elles crient et pleurent, et à chaque fois il reçoit une gifle du père. Le lendemain, il recommence. À chaque punition, il ressent un peu plus de haine et de jalousie envers ses sœurs, alors il se venge comme il peut, estimant mérité le sort qu'il leur réserve. Que me fera-t-il subir ?

Justine, grandes tresses rousses encadrant un visage d'ange illuminé par l'éclat de ses yeux verts, essaye tant bien que mal de protéger Léa, sa petite sœur. Mais elle se montre bien impuissante face à la malfaisance de Guillaume, de quatre ans son aîné. Et quatre ans de différence, aux premiers âges de l'enfance, c'est une éternité.

Enfin, ensemble, soudées comme les doigts d'une main, elles font bravement front. Et elles n'hésitent pas, en dernier recours, à se précipiter dans les bras protecteurs de leur mère.

Ma mère, en ce moment, elle gît sur son lit de douleur, passant des rires aux larmes, ne sachant choisir entre sa peine d'accouchée et sa joie de mère.

J'ai hésité longuement à sortir ; dix heures, peut-être plus. Je pressentais que ma vie n'allait pas être drôle. Pourtant, réconfortante en dedans, la voix de ma mère m'appelait au-dehors. Pendant neuf mois, un peu moins pour être tout à fait honnête, je l'ai entendu chanter tout en travaillant de la pointe du jour jusqu'à la nuit noire. C'était tendre quand elle passait sa main sur son ventre. Car les derniers temps je la sentais cette main, comme si elle glissait sur ma peau.

Je lui en veux de m'avoir éjecté de mon paradis temporaire. Alors maintenant je hurle et le héron couleur cendre est bien trop loin pour entendre mon désespoir et venir me rechercher.

De toute façon, mon père ne serait pas d'accord. Il m'attendait et maintenant que je suis là, il ne va pas me laisser partir.

Il aime les enfants. Cela se lit dans ses yeux quand il regarde tendrement ses filles et même son aîné dont il ne comprend pourtant pas les agissements. Il ne souhaite qu'une chose : leur offrir une enfance meilleure que celle qu'il a vécue ici même, au bord du canal. Bien sûr il a connu des joies, des petites et quelques grandes, mais aussi des peines, beaucoup de chagrins. De ces chagrins d'enfant que les grands jugent futiles mais qui laissent des traces indélébiles en grandissant. Devenu adulte à son tour, il se souvient de ses chagrins et il ne veut pas les voir assombrir les visages de ses enfants. C'est surtout pour cette raison qu'il voudrait que Guillaume change, qu'il voudrait le comprendre pour l'aider à changer.

Oui, mon père aime les enfants. Je croise son regard, enfin je ne le vois pas, mais je sens le sien posé sur moi, si fragile en ces premiers instants. Il me protège, il est chargé d'amour. Finalement la vie sera peut-être chouette ici !

2

Ma maison se dresse au bord du canal, à la hauteur de l'écluse des Pesseaux. Elle est adossée à un bois de chênes. Face à elle, derrière l'enclos du verger, des prés ceints dans un réseau complexe de haies d'épines noires et de chemins creux semblent s'étaler à l'infini, épousant la pente douce du coteau. Mon pays baigne dans une palette riche d'innombrables tons de vert au printemps et en été, de couleurs de feu à l'automne, et de gris en hiver. Parfois le blanc s'invite aussi quand la neige estompe les lignes du paysage.

Ses murs décrépis par endroits laissent deviner quelques pierres brutes mal jointes ; la chaux s'étant depuis longtemps désagrégée sous l'effet de l'humidité ambiante que trahissent quelques plaques sombres et suintantes. Au pied du mur au nord, contre l'une des manivelles de l'écluse, un tapis de mousse, d'un vert intense, s'épanouit. Au sein de cette luxuriante végétation en miniature, tout un peuple de fourmis prend ses quartiers, année après année.

En longues files ininterrompues, elle partent dans toutes les directions explorer leur environnement immédiat, et même plus lointain. De ces expéditions quotidiennes, elles rapportent de fabuleux butins disparaissant pour toujours sous l'épais tapis végétal. Quel chemin suivent les fourmis ensuite ? Je n'en sais rien et j'aimerais percer ce mystère.

Je ne marche pas encore, mais à quatre pattes ou me traînant maladroitement sur les fesses, je parcours de belles distances sans me décourager. C'est ainsi que, filant à l'allure la plus vive qu'il m'est possible pour échapper à la vigilance accrue de mes sœurs, je croise une colonie de fourmis marchant disciplinées en rangs serrés les unes derrière les autres.

Je cesse tout mouvement. Je n'avais jamais vu ça ; il faut bien dire que je n'ai encore pas vécu grand-chose. Il n'y a pas si longtemps que j'ai pu quitter l'univers étroit de la maison éclusière se résumant à la cuisine et à l'unique chambre à coucher où s'entasse toute la famille. Depuis des semaines je me traîne sur les tomettes rouges, et surtout froides, recouvrant le sol de terre battue. J'ai réussi à force de persévérance à en soulever une, vers un pied en fonte de l'antique cuisinière à bois. Je voulais voir dessous ce qu'il y avait. J'ai commencé à gratter la terre durcie par des décennies d'emprisonnement sous les carreaux… Une autre fois, quelques jours plus tard, ou plus tôt je ne me souviens plus très bien, j'ai attrapé à deux mains le manche du balai, pensant qu'il ferait un auxiliaire idéal pour m'essayer, pour la première fois, à la station verticale. Le résultat ne fut pas à la hauteur de mes espoirs. Le balai, appuyé contre le bord de la table, se coucha sur une série de cruches dont le grès émaillé éclata au contact du bois de l'angle du banc et de la terre cuite des tomettes. Cette péripétie amusa grandement mon père et, en réponse à son franc éclat de rire, j'étais prêt à recommencer. La gifle reçue de la main de ma mère coupa net mon élan.

Elle en avait sans doute assez de mes bêtises et leur accumulation l'excéda. Alors rapidement, en fait dès les premiers rayons du soleil baignant les pierres taillées du bajoyer de l'écluse, je me retrouvais dehors, toujours sous la surveillance de Justine et Léa. Le plus souvent j'étais l'unique objet de leurs regards croisés. Elles avaient tellement peur que je bascule dans l'eau du canal.

Me voilà donc en arrêt devant cette file grouillante d'insectes minuscules. Sans réfléchir, je saisis un caillou dans ma petite main et je l'abats plusieurs fois de suite sur les fourmis. Je sème, pour mon plus grand bonheur, une indescriptible panique dans la colonne. Je recommence à deux ou trois reprises. Le bel ordonnancement se rompt un instant pour très vite se retrouver dès que mon caillou reste en suspens dans l'air. Las de ne pouvoir troubler durablement l'ordre des choses, je décide de remonter la ligne mouvante.

Toujours à quatre pattes, je la suis en parallèle. Bien sûr, elle me conduit au tapis de mousse. J'observe sans comprendre les fourmis disparaître sous la végétation. Consciencieusement, j'arrache les plaques vertes et humides. Je les jette par-dessus mon épaule. À nouveau l'affolement s'empare des insectes. Ils se précipitent dans tous les sens, reculent, avancent, reviennent en arrière. Ce spectacle me ravit. Je poursuis mon œuvre de destruction et l'espace parfaitement dégagé, je découvre enfin dans le mur un petit trou, passage de la colonie de fourmis. L'impossibilité d'aller plus avant dans ma quête me désole. Alors puisque dans ce sens, c'est l'impasse, je longe à nouveau la file en sens inverse. Elle me guide à l'opposé de la maison, en direction du canal. Les gravillons coincés entre les dalles de pierre au bord de l'écluse me blessent les mains, mais déterminé je poursuis.

Tout à coup ce n'est plus une arête minérale qui pénètre ma paume ; une substance gluante me laisse une désagréable sensation sur la peau. D'un geste prompt, je retire ma main maculée par la bave d'un escargot. Je n'en avais jamais vu. Il me répugne immédiatement. Les yeux écarquillés, je le regarde glisser très lentement sur cette ligne visqueuse, traînant péniblement sa coquille sur son dos, trop lourd fardeau et trop encombrant. Oubliant ma colonie de fourmis, je rattrape ce curieux rampant et quand je pose mes doigts sur sa coquille, il se rétracte, rentre ses deux cornes molles et disparaît à l'intérieur. Il s'immobilise et demeure invisible. Mon regard porte alors un peu plus loin et j'en découvre d'autres. Eux ils bougent. Je les rejoins au bord du fossé d'évacuation du trop plein d'eau du bief, juste en amont de l'écluse. Sous une touffe d'orties, les escargots tiennent conseil. Comme quelques minutes auparavant avec les fourmis, je sème la panique parmi eux en approchant ma main et en balayant cette foule apathique. Enfin la panique, le mot n'est pas juste car à part se réfugier à l'abri de leur coquille, les escargots ne réagissent pas. Les fourmis s'activaient, c'était amusant ; eux, ils restent passifs. Je découvrirai plus tard qu'il en est de même chez certains hommes face aux difficultés de la vie. Mais pour l'instant, enfant n'ayant pas encore adopté la bipédie, je me contente d'observer et d'apprendre.

Face à l'immobilisme des escargots, je suis déçu et énervé. De rage je prends à pleine main une poignée d'orties. La sanction est immédiate. Je crie et pleure sous l'effet de la douleur serrant la paume de ma main. Des petits points rouges apparaissent. Je m'affole. L'eau vive du fossé s'écoulant au pied des arbres, enfin libérée de la prison linéaire du canal et de ses écluses, m'offre de quoi me soulager. Je me penche en avant pour plonger ma main dans le frais liquide, mais ne possédant aucune maîtrise de mon équilibre, mes fesses embarquent le reste de mon corps dans une chute molle mais irréversible.

Je suis dans l'eau. Je crie de plus belle, je me débats. Le fossé n'est pas profond, mais plusieurs fois ma tête s'enfonce sous l'eau et cette dernière prend possession de mon nez et de ma bouche. Quand je ressurgis à la surface, je ne sais pas de quelle manière, je crache, je tousse et à nouveau je crie. Je ne sais pas si je pleure encore, l'eau inonde mon visage et balaye mes larmes. Je me fatigue vite. J'entends au loin un appel :

— César, César…

La bouche grande ouverte, prêt à répondre, je me sens à nouveau attirer vers la vase du fossé quand soudain je suis arraché violemment à l'eau. Suspendu au bout des bras de Justine, sale de la tête aux pieds et dégoulinant comme une serpillière, j'ai bien triste mine.

— Qu'as-tu fait polisson ! On a eu si peur. Rentrons vite à la maison pour te sécher et te changer.

C'est ainsi que s'achève mon premier contact avec le monde extérieur. Curiosité, découverte, émerveillement, déception, colère, terreur et impuissance : tout cela a croisé mon chemin hésitant en moins d'une heure, comme un résumé prémonitoire d'une vie d'homme, englué au bas de l'échelle sociale.

Par la suite, je devais souvent me souvenir de cette journée et de son dénouement. L'aide apportée par un tiers dans un moment perdu m'a toujours donné confiance en l'avenir. Posséder la certitude que rien n'est possible seul et que tout le devient à plusieurs : voilà une richesse que je dois à mon enfance. Mais n'allons pas trop vite ; je ne sais toujours pas marcher et j'ai encore tant de chemin à parcourir.

3

Voilà, c'est fait. Je marche. Je cours même. C'est venu comme ça, d'un coup. J'étais à quatre pattes, comme d'habitude, et hop je me suis retrouvé debout. J'ai avancé un pied, puis l'autre et j'ai marché. J'ai atteint l'extrémité de la cuisine sans m'en rendre compte. Ma mère a battu des mains, un large sourire éclairant son visage. Elle a appelé mon père qui s'est précipité dans la maison. Quand il a franchi le seuil, essoufflé d'avoir couru depuis le verger situé de l'autre côté de l'écluse, j'étais à nouveau assis. Cette fois, il n'a rien vu. J'ai toujours aimé contrarié mon entourage. Et ce n'est que le lendemain, quand toute la famille fut réunie autour de la table pour le repas du soir, que j'ai réédité mon exploit. Tous m'applaudirent et me félicitèrent. Même mon aîné, Guillaume, esquissa un maigre sourire.

Je marche, mais le plus souvent je reste de longs moments assis sur le muret du verger à contempler l'eau du canal et les bateaux franchissant l'écluse. Quand ils se dirigent vers l'horizon du clocher de l'église du village, ils disparaissent entre les murs des bajoyers avec l'eau qui s'enfuie de l'ouvrage ; quand ils font le chemin inverse, je les observe monter au rythme de l'eau envahissant le sas entre les grandes portes métalliques fermées. Je préfère quand il disparaissent. Je les imagine avalés par l'écluse, comme dévorés par un ogre aquatique à l'appétit insatiable. Et quand les bateaux remontent, cette fois je vois l'ogre les recrachant à cause du mauvais goût du marinier. Je me demande dans quel recoin de mon cerveau se cache ce lutin loufoque me soufflant de telles idées.

Cette eau, qui s'en va puis revient, est une énigme pour moi. Je n'arrive pas à comprendre encore le fonctionnement du canal, mais ce dernier grave en ma mémoire des images indélébiles et des sensations puissantes aiguisant ma curiosité.

Je reste ainsi, les jambes balançant dans le vide. Oui, le muret n'est pas très haut, mais bien qu'elles me portent désormais, j'ai encore les jambes courtes. Parfois je les regarde avec étonnement et tendresse, considérant les possibilités nouvelles et infinies qu'elles m'offrent.

Au lieu d'être actif, comme le sont tous les enfants de mon âge, je plonge avec délice dans l'immobilité et le rêve. Une plume de héron posée en équilibre incertain sur l'herbe, un nuage aux formes curieuses et changeantes, le cri inconnu d'un animal, tout est prétexte à laisser vagabonder mon imagination. Je possède une facilité déconcertante à déposer mon corps dans un coin et juste partir avec mon esprit pour des contrées dont moi seul connais l'existence. Et je ne m'en prive pas.

— César, viens voir par ici, tonne mon père.

Mon père est un homme bon et doux, mais ces ordres ne souffrent aucune discussion. Seule ma mère ose lui tenir tête et le fait parfois changer d'avis. Mes sœurs et moi, nous devons obéir. Et Guillaume ? Il n'obtempère qu'à regret et reçoit moult taloches pour le prix de sa mauvaise volonté. Il nous montre l'exemple à ne pas suivre. Nous retenons parfaitement la leçon.

— César, viens tout de suite !

D'un bond, je suis sur mes pieds et je cours vers lui.

— Attention, ne tombe pas.

Trop tard. Dans ma précipitation à vouloir le contenter, ma course encore hésitante s'achève contre la racine d'un cerisier qui, perdue, émerge à la surface de la terre. Je me relève, bien sûr en pleurant. Une tâche rouge sur la main, j'ai le nez en sang.

— Je t'avais bien dit de faire attention. Tu es vraiment maladroit.

Je ne marche seulement que depuis quelques mois et je ne suis pas maladroit, je suis juste débutant. Je me relève. Je refoule tant bien que mal mes larmes et j'arrive à lui.

Moins fâché qu'il ne le laisse paraître, il me prend dans ses bras pour me consoler. Il sèche mes larmes et tarit la source carmin de mon mal, juste en appuyant sur mon nez avec son doigt… Mon père est un magicien.

— Tu vas m'aider maintenant.

Je me redresse fièrement. J'ai déjà oublié ma chute et ma douleur.

— Tes sœurs sont occupées au jardin et toi, tu es désormais assez grand et fort pour m'aider à passer les bateaux. Et puis c'est un travail de garçon. A-t-on déjà vu une éclusière sur le canal ? Non, c'est impensable.

Je pense à Guillaume. La place que m'offre mon père est un peu la sienne. Je n'en ai pas vraiment conscience, enfin pas aussi nettement. Mon père le devine sûrement car il poursuit :

— Quant à ton frère aîné, je ne peux pas compter sur lui. Il est tout le jour en vadrouille. Il préfère braconner, jouer de vilains tours plutôt que d'aller à l'école. Ah oui mon pauvre César, j'en suis bien triste, mais je n'y peux rien. Il n'écoute personne et je ne peux être derrière lui à chaque instant. Tu verras, il finira mal et la honte sera pour nous.

La contrariété et une profonde tristesse creusent les rides de son front à chaque fois qu'il évoque mon frère. Je suis trop petit pour lui apporter le moindre réconfort, alors je lui prends simplement la main, sans rien oser dire.

— Allez, tu as raison. Nous avons de l'ouvrage. J'aperçois le bateau qui arrive à la hauteur de la ligne de peupliers. Préparons l'écluse et ouvrons les portes. Il n'est pas bon de s'apitoyer ainsi.

Ni assez grand, ni assez fort pour lui être vraiment utile, contrairement à son affirmation de tout à l'heure, je tourne pourtant la manivelle de tout mon cœur. Mes petites mains entre les siennes décrivent des moulinets. Bras tendus, je dois me hisser sur la pointe des pieds pour effectuer un tour complet sans lâcher la manivelle. Sans le secours de cette grande roue en fer peint, me dressant ainsi en quittant l'assise sécurisante de toute la surface de mes semelles, je serai sans doute tombé. Combien de tours sont nécessaires pour mettre les lourdes portes ruisselantes en place ? Je n'en sais rien bien sûr ; je ne sais pas compter, ni lire d'ailleurs.

La plume métallique crisse sur le papier et laisse derrière elle à l'encre violette des signes aux lignes tantôt courbes, tantôt brisées, dont je ne comprends pas la signification. Les chiffres que mes sœurs écrivent avec application sur leur cahier de classe, le soir à la veillée, n'évoquent pour moi que des brindilles cassées nettes et des herbes tordues. Ces lignes et ces chiffres, comme la plume du héron ou le nuage changeant, m'entraînent en voyage.

J'envie Justine et Léa de connaître le secret des lignes, des chiffres et des lettres.

— Dis papa, je vais quand à l'école ? Je veux y aller.

— Bientôt César, bientôt. Ce sera bien assez tôt.

— Oui mais je veux y aller tout de suite, comme mes sœurs.

— Patience mon petit… Regarde voilà la péniche, s'exclame-t-il pour changer le cours de mes pensées.

— Oui, oui. Je la vois.

Doucement le bateau s'approche de l'écluse. Moteur au ralenti, il pointe son étrave entre les deux portes plaquées contre le bajoyer. Il pénètre très lentement dans le sas. Quand le marinier met au point mort, sa péniche occupe tout l'espace de l'écluse. Je ne vois même plus l'eau entre les flancs de sa coque et les pierres maçonnées.

J'aide mon père à refermer les portes. C'est certain, il pourrait se passer de moi, mais ainsi il m'a à ses côtés. Il espère sans doute me donner le goût du travail sur le chemin d'eau. La passion vient quand on est tout petit : il ne cesse de répéter cette affirmation à ma mère qui tremble de peur à chaque fois que je m'approche trop près du canal et de la profondeur opaque de son eau. Depuis l'épisode du fossé, elle redoute une nouvelle chute, cette fois dans le canal, et personne ne sait nager chez nous. Mais là, manivelle de l'écluse en main, je me sens comme un grand. J'adresse un sourire à mon père. Il me le rend, radieux.

— Oh l'éclusier, tu mets bien jeunes les enfants au travail, hurle le marinier en passant sa tête par la porte latérale de sa marquise.

— Il faut bien lui donner le goût. Je ne suis pas éternel.

— C'est pour mieux aller au bistro. C'est ça, hein ? s'esclaffe l'homme de l'eau.

Au bistro ; mon père ne va jamais. Il y a quelques minutes, j'étais en colère contre la racine du cerisier et surtout contre mon père, maintenant je le suis plus encore contre cet homme rougeaud au ventre proéminent. S'il connaissait mon père, il ne dirait pas de telles sottises. J'ai une folle envie de défendre l'honneur paternel et j'enrage de ne posséder encore que de si petits poings. Je les aurais volontiers abattus sur le nez épaté de ce méchant homme. Je ne me savais pas autant belliqueux.

Une seule fois depuis ma naissance, j'ai vu mon père pousser la porte vitrée du café du village. C'était à l'occasion de l'enterrement de mon grand-père, le seul qu'il me restait. Je ne l'ai pas vraiment connu et j'en garde donc un souvenir lointain, un visage flou et le son de sa voix tremblante et inaudible.

C'est triste une enfance sans grands-parents. Je n'ai rien connu d'autre.

— Et toi, comment on t'appelle ? me lance la femme du marinier, debout sur le plat-bord du bateau et qui ne me semble guère plus avenante que son homme.

Apeuré, je me réfugie dans les jambes de mon père en fermant les yeux. Le contact de ma joue sur le velours de son pantalon me rassure un peu. Il pose sa main épaisse sur mes cheveux en bataille et répond à ma place :

— C'est César, notre petit dernier.

Il baisse la tête et en me regardant tendrement, il conclut :

— Plus tard, il sera éclusier !

4

L'été s'achève dans un soupir. Les sauterelles, que je m'amusais à pourchasser et à attraper dans les herbes folles du chemin de halage, ne sont déjà plus très nombreuses. À chaque sauterelle, mouche, demoiselle, ces grands insectes volants cousins des moustiques, ou parfois fourmi capturée, j'arrachais les pattes et les ailes de deux doigts experts. Les pattes, je les arrachais toutes du même côté, ou bien à l'avant ou à l'arrière, puis j'observais l'insecte se débattre, tourner en rond jusqu'à ne plus pouvoir avancer. Je n'avais pas conscience de sa souffrance ; ce n'était qu'un jeu d'enfant, un simple jeu. Ensuite quand l'expérience me lassait, je jetais l'infortuné insecte à la surface du canal et j'attendais qu'un poisson monte pour lc gobcr, mcttant un tcrmc à son calvairc. Jc n'attcndais jamais très longtemps ; un remous sur l'eau et c'était fini. Mon forfait était effacé.

L'été s'achève. Les feuilles des arbres ne sont plus aussi brillantes. Elles devinent la fin des beaux jours. La brume s'invite de plus en plus souvent à l'aube sur le canal, rendant hasardeux les contours de chaque chose. L'humidité et le froid saisissent les feuilles qui, imperceptiblement, se recroquevillent. Le soleil de la journée ne les réchauffe plus assez.

Nous pénétrons le temps des migrations. Dans le ciel des « V » mouvants s'enfuient bruyamment en direction du sud, vers la promesse de terres ensoleillées toujours chaudes même en hiver. J'envie ces oiseaux. Je rêve d'être libre comme eux. J'aimerais pouvoir les accompagner dans leur long voyage. Un soir, j'ai demandé à Justine de me montrer dans son livre de classe, rempli d'images et de cartes, où allaient les oiseaux. Elle me livra la clef de ce mystère en posant son index sur une grande tâche jaune.

— Tu vois César, c'est là, en Afrique. À côté de ce grand désert, le Sahara.

— C'est quoi un désert ?

— C'est un endroit très chaud et très sec avec beaucoup de sable, pas d'arbre, ni d'herbe et peu d'eau. Il ne pleut jamais là-bas.

— Alors comment font les oiseaux, s'il n'y a pas d'arbre ?

— Ils vivent en bordure du désert, là où poussent les palmiers.

— C'est quoi un palmier ?

Et je posais des questions, et encore des questions, jusqu'au moment où ma sœur, pourtant si patiente, montrait des signes d'agacement et de fatigue. Alors, d'un geste brusque, elle refermait son livre et m'expédiait au lit.

Ce matin, je regarde les oiseaux dans le ciel. Au ras du sol, ou plus exactement de l'eau juste en amont de l'écluse, un héron se tient parfaitement immobile, indifférent aux mouvements dans l'azur. Pourquoi ne part-il pas lui aussi ? Quelle force le retient dans ce pays que le froid va engourdir au lieu de rechercher le soleil d'un pays lointain pour se réchauffer les plumes ? Non, il reste là. Peut-être le retrouverai-je dans quelques semaines, son corps élancé raidi dans l'herbe gelée au bord du fossé.

Avec la fin de l'été, mon environnement semble mourir à petit feu. Moins d'insectes dans les herbes et les buissons, mais aussi moins d'oiseaux sur les branches des arbres. La campagne se vide, devient silencieuse. C'est la première fois que l'ennui me prend au bord du canal. D'un geste énervé, je tape de la pointe de ma chaussure dans un caillou qui vient troubler l'onde avant de disparaître. Heureusement, demain ma vie va changer. Demain, je vais à l'école.

Mes sœurs m'ont tant parlé de cette école au village, de la classe et de la cour de récréation que j'ai l'impression de déjà tout connaître. Malgré tout, j'ai hâte d'y être, même si l'appréhension m'étreint le cœur et le ventre.

À la faible lueur de l'unique ampoule électrique pendant mollement du plafond à l'extrémité de son fil torsadé, ma mère prépare le petit-déjeuner : de la soupe aux légumes pour tout le monde. Léa dresse cinq assiettes de part et d'autre de la longue table de la cuisine. Oui, cinq assiettes seulement car Guillaume, au grand soulagement de mes sœurs et au désespoir de mes parents, n'est plus avec nous depuis le milieu de l'été. Il a tant fait parler de lui au village, et même jusqu'au chef-lieu de canton, trop de larcins, de méchancetés et sans doute aussi trop de bagarres dans les bals et les fêtes. Pour fuir les ennuis qui s'amoncelaient et obscurcissaient son avenir, comme autant de nuages noirs quand monte l'orage, il s'est engagé dans l'armée. Dans son livre, Justine m'a montré où réside désormais ce frère mal aimé : Metz, très loin dans l'est de la France.

Il ne me manque pas. Je n'ai jamais rien échangé avec lui et il ne s'est jamais intéressé à ma petite personne.

— Léa, tu n'oublies pas les cuillères et tu vas lever ton frère, lui lance ma mère.

La couverture tirée jusque sous mon nez, j'écoute les bruits familiers de la cuisine. Je suis bien au chaud, je n'ai pas envie de bouger. Un rai de lumière se glisse, indiscret, par la porte mal fermée et offre une maigre clarté à l'intérieur de la chambre. Tout le monde est levé depuis bien longtemps. Mon statut de petit dernier de la famille m'octroie le privilège de pouvoir poser un pied sur le carrelage froid de la chambre quand le premier repas de la journée fume dans les assiettes creuses. Mais jamais je ne bouge de ma propre initiative, je suis trop bien dans la chaleur de mon lit. J'attends que mes sœurs ou ma mère viennent m'arracher à cette douceur matinale.

Aujourd'hui, c'est différent. Je devrais être heureux de me lever. Je devrais bondir hors du lit et me précipiter à la cuisine, impatient de partir à l'école en compagnie de Justine et Léa. Mais voilà, je suis tétanisé. La peur de l'inconnu me serre comme dans un étau et m'impose l'immobilité.

— Allez debout César. Il est l'heure.

Écoutant l'appel de Léa, je monte la couverture encore plus haut pour disparaître totalement, me fondre dans les draps. Ma sœur approche et sèchement rabat la couverture et le drap au pied du lit. Une sensation de froid hostile m'envahit immédiatement. Je sais bien qu'il faut me lever, mais je me fais tirer l'oreille ; encore quelques précieuses secondes de gagner. Un tendre bisou de Léa sur ma joue me décide à passer à l'action.

Sur le seuil de la maison, mes parents nous adressent un dernier signe de la main et un sourire encourageant. Un manteau râpé me couvre les épaules et cache la blouse grise m'identifiant comme écolier. Ces deux vêtements servirent avant moi à Guillaume. Si le manteau a quelque peu souffert, la blouse semble neuve. Il la quittait souvent dès la maison éclusière hors de vue en goûtant aux joies illicites de l'école buissonnière. Entre mes deux sœurs me tenant par la main, je suis tout à la fois heureux et terriblement angoissé. Depuis le jour où mon père m'a demandé de l'aider pour la première fois à l'écluse, je n'ai connu de moment aussi important.

Nous marchons d'un bon pas. Mais plus nous approchons du village et donc de l'école, plus je traîne les pieds. Mes sœurs le sentent et me tirent doucement. Il me faut vaincre cette peur de l'inconnu. Pour ce faire, il suffit que reviennent à ma mémoire les pages joliment illustrées des livres scolaires de Justine pour savoir que de belles choses m'attendent au bout de ce chemin.

Quand nous pénétrons dans la cour de l'école par le grand portail en fer peint, je tremble et mon cœur s'emballe. C'est cet instant que choisit Léa pour m'accorder discrètement un nouveau bisou. Et même si j'ai un peu honte car je ne suis plus un bébé, il me donne du courage. Du fond du cœur, je la remercie.

La cour de récréation est ceinte d'un haut mur en pierre sur deux côtés, d'un préau et de l'école sur les deux autres. Dans toutes les directions, l'horizon est bouché. En son centre trône un majestueux tilleul. Il est le point de ralliement des grands aux beaux jours. Mais quand la pluie inonde la terre battue de la cour et colle au sol la poussière, ils se rassemblent sous le préau, reléguant les plus petits en ne leur concédant qu'un minuscule coin pour jouer. La loi du plus fort…

Arpentant la cour, le maître d'école, grande blouse grise boutonnée jusqu'au col, m'impressionne vraiment. Il a l'air d'un géant et je n'ose poser franchement sur lui mon regard. Il se dirige vers la cloche, en saisit la chaîne et tire. Le son grêle et saccadé appelle les enfants à se mettre en rang deux par deux. Je suis le mouvement général, poussé dans le dos par Justine. Deux coups secs frappés dans ses mains, le maître ramène le calme dans les rangs. Le silence envahit la cour qui, quelques instants plus tôt, résonnait de cris et de rires. Désormais, il est juste troublé par le bruit des semelles sur les pierres plates du perron et les carreaux du couloir. Les portemanteaux garnis, nous attendons au fond de la classe que le maître nous désigne notre place.

J'observe autour de moi, intimidé par tant de nouveautés. Une armoire vitrée aux étagères couvertes de livres, un globe terrestre posé sur une sellette, des planches d'un herbier accrochées au mur et derrière le bureau du maître, l'immense tableau noir sur lequel la date et la pensée du jour sont écrites à la craie blanche en belles lettres rondes et déliées : « L'échec n'entache pas la sincérité de la tentative ».

Pendant ce tour d'horizon des murs de la classe unique, mon regard s'arrête sur une grande carte de la France. Je la reconnais, elle est identique à celle du livre de Justine. Mais là, tout est plus grand. Les rivières et les fleuves, simples traits sur les pages du livre, deviennent de larges sillons bleus. La couleur marron des montagnes s'étale sans partage, repoussant et étouffant le jaune et le vert des plaines et des larges vallées. Les villes, derrière leurs points noirs, semblent immenses. Je ne peux pas lire leur nom bien sûr, mais je situe facilement Paris et même Marseille, tout en bas vers la grande tâche bleue. C'est Justine qui me les a montrés. Et surtout je découvre sur toute sa longueur le canal, mon canal. Je n'imaginais pas qu'il fut si long. Quel chemin parcouru par les péniches à chaque voyage ! Une vague envie d'évasion s'empare de mon esprit à cette simple pensée. J'imagine des villes merveilleuses, des paysages dorés au bout de cette voie d'eau.

— César, prenez place ici.

La voix de stentor du maître me tire de mes songes et après une seconde d'hésitation, je gagne la place qu' il indique en pointant un index ferme. Je me trouve à côté d'un garçon de mon âge, cheveux blonds et regard fuyant. Nous n'échangeons aucun mot, juste un coup d'œil. Je n'ose m'asseoir, chacun, une fois placé, attendant debout dans l'allée contre son pupitre.

Quelques minutes plus tard, vient l'heure de la distribution des cahiers, livres, buvard, ardoise, craie et porte-plume. Le maître remplit les encriers des grands. Un court instant, je panique. Je ne sais que faire de tout cela et je reste figé contre le dossier du banc de mon pupitre. Mais pendant que les grands rangent leurs affaires nouvelles dans le casier s'ouvrant au-dessus de leurs genoux, d'une voix douce, ce dont je ne l'aurais jamais cru capable, le maître explique aux petits le fonctionnement de la classe. Puis il conclut avec sa voix redevenue forte et sévère :

— J'espère que vous avez tous écouté avec attention et bien compris. Je ne le répèterai pas. Maintenant au travail.

L'heure de la récréation sonne. Dans la cour, mes sœurs m'entourent, prennent de mes nouvelles. Elles s'inquiètent toujours pour moi, un peu trop parfois. Je les rassure. Mes premières heures d'école furent agréables. J'apprécie cette ambiance calme et studieuse. Elle me correspond, moi qui suis plus rêveur qu'actif.

J'ai tracé avec succès les premiers signes sur mon ardoise. Justine n'a pas perdu son temps à la fin de l'été quand elle a décidé de m'apprendre à dessiner les premières lettres de l'alphabet et quelques chiffres. Cela m'a donné confiance en moi et j'ai pu ainsi, avec beaucoup d'application, suivre les explications du maître et répondre à son attente. Dans la poussière du chemin de halage, tracer des lettres était un amusement teinté de curiosité, maintenant sur l'ardoise noire, c'est un travail. Justine me félicite, elle qui va passer son certificat d'étude à la fin de l'année. Je suis fier de moi.

Les jeux ont à peine débuté dans la cour, le temps pour chacun de trouver sa place, de lier des amitiés naissantes, que déjà retentit le son de la cloche. Comme une nuée d'étourneaux s'abattant sur une parcelle de vigne, en courant nous venons nous mettre en rang.

Sur le chemin du retour, j'exprime ma joie à Léa et Justine. J'ai surmonté sans faiblir cette première journée d'école. Je vais le raconter à mes parents et mes sœurs pourront en témoigner. Je vois déjà le sourire sur le visage de mon père. Lui faire plaisir, le voir heureux est ma plus belle récompense.

Au bout de mon bras pend mon cartable. Dedans j'emporte un trésor d'une valeur inestimable : un livre avec des images, des lettres et des chiffres. J'ai vraiment hâte de tout pouvoir lire et comprendre au fil de ses pages. Ce soir, je vais l'ouvrir en grand sur la table de la cuisine et montrerai à mon père les lettres que je connais.

— Allez avance au lieu de rêver.

C'est vrai, je rêve. Un monde nouveau s'ouvre à moi ; celui de la connaissance. Je n'ai pas conscience des bienfaits que l'homme retire du savoir. Je ne sais pas encore que l'illettrisme est une prison aux barreaux bien plus solides que l'acier le plus dur, mais je sais qu'il me faut apprendre du mieux possible pour être heureux et libre plus tard.

Le battement d'ailes d'un héron s'envolant de la berge du canal m'arrache à mes pensées. Je me mets à courir pour rattraper mes sœurs. Je cours vers mon avenir.

5

À la cime des peupliers gémissent les âmes égarées sous un ciel de plomb. Le vent fou, en bourrasques désordonnées, soulève la poussière du chemin de halage en tourbillons et la bouscule un peu plus loin sur les feuilles des épines noires de la haie bordant un pré à l'herbe grasse. Il casse les branches mortes des arbres isolés et donne naissance à la surface de l'eau à des vagues courtes et nerveuses. Les hautes graminées et les orties de la berge courbent l'échine sous sa violence aveugle. La lumière est d'encre, l'atmosphère étouffante. Les oiseaux se taisent, les grillons aussi. La vie animale a déserté le canal face aux prémices de l'orage. Les éclairs aveuglants précèdent le tonnerre. Là-bas, au loin, il approche. Il ne va plus tarder à emprisonner le canal de sa sourde menace.

Je marche pourtant d'un bon pas, mais jamais je n'arriverai à la maison avant qu'il n'éclate. J'ai peur. J'ai toujours eu peur de l'orage. Les soirs d'été où le ciel se mettait en colère, souvent je me réfugiais dans les jupes de ma mère ou bien je plongeais sous la couverture de mon lit. Je m'y sentais à l'abri. Mais je n'ai eu autant peur que cette fin d'après-midi où la foudre, horrible boule de feu, s'est abattue sur le chêne à l'extrémité du verger. En un instant, dans un vacarme de fin du monde, l'arbre s'est enflammé. Son tronc fendu en deux de la première branche jusqu'à la souche sous la violence de l'impact s'est transformé en torche. Par la fenêtre de la chambre, je l'ai regardé se consumer. J'avais mal pour lui. Il n'a pas brûlé longtemps, les trombes d'eau qui ont inondé le canal ont rapidement éteint l'incendie. Le lendemain, quand je suis allé voir le chêne, de la balançoire que mon père nous avait accroché sur l'une des plus grosses branches, il ne restait que deux morceaux de corde calcinée pendant dans le vide. C'est la dernière fois que j'ai pleuré, je crois. Ensuite j'ai grandi et j'ai oublié la balançoire. Mais je n'ai jamais oublié le calvaire du chêne. Il n'était pas mort car au printemps suivant de nouvelles pousses ont percé l'écorce noircie. Aujourd'hui ce sont des branches de belle taille, mais l'arbre porte toujours la cicatrice de ce soir d'orage et moi l'appréhension de la foudre.

Les premières gouttes de pluie crèvent la surface énervée du canal. Je remonte sur ma tête la capuche de ma pèlerine et me met à courir. Il est trop tard, je le sais bien mais c'est un réflexe. Mes grandes jambes d'adolescent avalent les mètres du chemin tandis que la pluie tombe de plus en plus drue. Elle ne s'abat pas à la verticale, elle est poussée dans tous les sens par les sautes d'humeur de ce vent perdant la raison. Elle pénètre mes habits et ruisselle dans mon cou, sur mes épaules, mon torse et mon dos. En quelques minutes, je suis trempé comme une soupe. Le rideau de pluie brouille ma vue et noie le paysage. Je cherche des yeux un abri. Il serait vain d'espérer trouver un refuge sous le feuillage du premier arbre venu, car il y pleut tout autant qu'au bord du canal. Alors je poursuis mon chemin. Je ne cours plus, à quoi bon ?

L'heure n'est pas encore à la nuit, mais avec l'obscurité de l'orage, le jour a grandement baissé. L'eau du canal scintille à chaque éclair et je tremble à chaque coup de tonnerre. Un bruit d'enfer m'entoure. Le cœur de l'orage est juste au-dessus de ma tête. Mes angoisses du passé ressurgissent.

Au loin j'aperçois le fanal d'une péniche, amarrée en catastrophe à la berge dès les premières gouttes de pluie. La voilà ma planche de salut. Je ne peux remercier le ciel d'avoir mis cet abri providentiel sur ma route puisqu'il est encombré, mais je promets d'avoir une pensée pour lui dès qu'il aura retrouvé son calme. Je me hâte vers le bateau.

D'un bond je saute sur le plat-bord et gagne la marquise. Le bruit de mes semelles de bois sur l'acier de la coque a du alerter le marinier puisqu'il fait coulisser la porte vitrée de la marquise au moment où j'allais saisir la poignée.

— Rentre vite à l'abri petit, s'exclame-t-il.

Petit, petit ! Il n'est pas très observateur car je suis presque aussi grand que lui. Certes je ne peux me vanter de posséder une moustache telle que la sienne, et sans doute mon visage glabre lui permet-il de m'affubler d'un tel qualificatif aussi inapproprié à mon goût.

J'ai grandi d'un seul coup. En quelques mois plus aucun habit ne m'allait. Ma mère rallongeait les pantalons de mon frère aîné, mais à peine la couture achevée, il fallait recommencer. Finalement elle attendit que j'en ai fini avec ma période d'étirement pour refaire ma garde-robe au grand complet. Ce ne fut pas un ouvrage insurmontable. Comme tous les enfants de famille modeste à cette époque, je ne disposais que de peu de vêtements. Et tous ou presque me venaient de mon frère. Maintenant, je me promène avec des pantalons et des chemises aux tissus bicolores, résultat des rallonges successives.

J'ai grandi d'un coup et mes sœurs aussi. Elles en ont profité pour quitter la maison.

Justine a épousé un garçon du village, un forgeron qui la courtisait depuis de nombreux mois. Pas une assemblée, pas une fête pour laquelle il ne passait la chercher à la maison éclusière. Et main dans la main, ils partaient le long du canal comme des amoureux. Ils se sont mariés la semaine suivant la Saint-Jean. Pendant trois jours et trois nuits les réjouissances n'ont cessé. Ce fut un épisode heureux de ma vie d'enfant. La bonne humeur et l'indulgence furent de mise à cette occasion et les bêtises des enfants étaient alors sanctionnées d'un éclat de rire. Nous en avons tous bien profité. Justine a déjà un enfant, mais peut-être est-ce sa venue programmée qui a précipité le mariage de ma sœur ? Aujourd'hui, elle attend le second et j'en serai le parrain.

Léa, c'est autre chose : une bien triste affaire. Au fil des ans, elle est devenue belle, très belle. À tel point que mon père ne voulut plus qu'elle l'aide à l'écluse afin de la soustraire aux regards envieux des mariniers de passage ; tous des gens de mauvaise vie selon son appréciation. Malgré toutes les précautions prises, il y en eut tout de même un qui la remarqua et pour le malheur de mes parents, elle aussi l'avait vu. Et il lui plut. Est-ce cela le coup de foudre ? Un second passage du bateau et le marinier enleva ma sœur avec son consentement bien sûr. Ils disparurent. Elle avait à peine dix-sept printemps et lui une quarantaine d'hivers. Elle n'est jamais revenue. Mes parents ne reçurent qu'une seule lettre, il y a maintenant plus d'un an. Léa écrivait qu'elle était heureuse et qu'elle naviguait sur les canaux de Belgique et des Pays-Bas. Ni elle ni son amant marinier n'osaient revenir sur le canal. Elle concluait sa missive en nous demandant pardon à tous qui étions restés à l'attendre. À la fin de la lecture de la lettre, je me précipitais à la hauteur de l'étagère où mon livre de classe était soigneusement rangé. Je restais de longues minutes, les yeux rivés sur la carte de ces pays. J'essayais d'imaginer Léa sur son bateau, les paysages de ces canaux étrangers, la forme des clochers des églises des villages traversés. Je fus tiré de ma rêverie par une larme venue s'écraser sur Bruxelles. Par-dessus mon épaule, ma mère regardait elle aussi vers ces contrées lointaines.

Quant à mon frère Guillaume, pour finir ce tour d'horizon familial, il a disparu. Une mauvaise rixe dans la chambrée de sa caserne et le voilà maintenant légionnaire quelque part en Afrique pour échapper aux sanctions de son acte. Une nouvelle fuite en avant. C'est certain, nous ne le reverrons plus. Seule la mort pourra apaiser cet être tourmenté.

— Alors, tu rentres ou quoi ?

— Oui, merci bien.

— Reste là, ma femme va te monter un linge pour que tu t'essuies un peu la figure.

Le marinier hèle son épouse et reprend :

— Et tu viens d'où comme ça sous cet orage ?

— Du chef-lieu de canton. J'ai passé mon certificat d'études aujourd'hui.

— Et bé, tu es instruit toi alors. Sur ce bateau, tu ne trouveras que des ignorants. Personne n'est allé à l'école bien longtemps. Mais le plus âne de tous, c'est bien mon matelot. Il est bon à rien, il ne comprend jamais rien à rien. Et tu vas où ?

— Je rentre chez moi.

— Il n'y a pas beaucoup de maisons par ici.

— Si à l'écluse des Pesseaux.

— Ah, tu es le petit César.

Il m'énerve à m'appeler petit. Je suis grand maintenant. Qu'il se le tienne pour dit. Je viens d'avoir mon certificat d'études, le temps de l'école est désormais fini pour moi. Demain, je travaille.

Cette journée fut longue. Elle a débuté bien avant le lever du jour. Pour marquer ce jour peu ordinaire et me donner des forces, ma mère m'avait préparé une omelette accompagnée d'une belle tranche de lard fumé. Ensuite, j'ai pris la direction du chef-lieu de canton en suivant le chemin de halage. Presque deux heures de marche pour rejoindre mon maître à l'entrée de la grande école cantonale. À l'issue de cette dernière année scolaire, il avait décidé de présenter seulement cinq élèves, les meilleurs de sa classe. Chaque soir, il nous a gardé à l'étude pour travailler et travailler encore les problèmes de calcul et les dictées. Son honneur était en jeu et il nous donna ainsi toutes les chances de réussir. Pendant toutes ces années de mon enfance, j'ai admiré chaque jour ce maître qui m'a tout appris. Alors je ne pouvais le décevoir.

Devant le grand portail de l'école, où le maître nous attendait, la tension était palpable. L'inspecteur fit l'appel et la matinée se passa à transpirer et à m'angoisser sur les pièges de l'orthographe, la conjugaison et la grammaire à travers les phrases de la dictée et des questions. Puis se posèrent les insolubles problèmes de calcul des trains en retard et des baignoires se vidant. L'après-midi fut consacré à la litanie des grandes dates de l'histoire et des départements et le cortège des chefs-lieux. Pour finir au tirage au sort, j'ai hérité de la récitation, laissant fort heureusement le chant à des plus musiciens que moi.

J'ai vécu l'attente des résultats comme un supplice interminable. L'inspecteur, cérémonieux, s'est avancé sous le préau où nous espérions tous. Mon nom fut cité dans les premiers. Un large sourire éclaira le visage de mon maître à cette annonce. J'en ai ressenti un grand soulagement et un bonheur jusqu'à présent inconnu. Mains serrées, félicitations et diplôme en poche, j'ai pris alors vraiment conscience que je venais d'obtenir mon passeport pour la vie des adultes.

Inquiet tout à coup, je glisse la main dans le sac pendu à mon épaule. J'en sors précipitamment mon diplôme. Il n'est pas mouillé, je souffle.

— Descends avec nous petit. On va partager la soupe en attendant que le bon dieu tarisse la source du ciel.

— Merci, je veux bien. J'ai faim.

J'abandonne. Il continuera à m'appeler petit. Tant pis. Je traverse la marquise et dévale les trois degrés menant à la minuscule salle commune du logement du marinier, à l'arrière de la péniche. Pour ne pas trop mouillé, je m'assois du bout des fesses sur le banc. À son tour, le marinier et sa femme se posent autour de la table. Il reste une place libre. J'interroge :

— Votre matelot ne vient pas manger ?

— Oh lui, il mange dans sa cabine à l'avant. Il est trop bête et trop sale pour entrer ici.

— Alors ? dis-je en montrant l'assiette en face de moi.

— C'est la place de notre fille.

La femme n'a pas achevé sa phrase qu'une jeune fille sort de l'ombre d'une cabine pour se joindre à nous. Une brève prière marmonnée et le marinier donne l'ordre de servir la soupe fumante dans les assiettes creuses. Je ne peux pas m'empêcher de lever les yeux vers cette fraîche jeune fille qui me fait face. J'essaie de rester discret, je ne veux pas indisposer ceux qui m'accueillent de si bon cœur, mais garder les yeux baissés est un défi insurmontable pour moi.

Cette journée du mois de juin est vraiment à marquer d'une pierre blanche. Après le certificat d'études, la rencontre avec cette jeune fille est un bienfait inespéré. C'est sans doute parce que depuis la fin de l'après-midi je me sens devenir un homme que j'ose la regarder et imaginer un avenir souriant. Mais quel avenir ? J'ai bien le temps pour cela. Il me faut encore tout apprendre de la vie en dehors de l'école. Pourtant, irrésistiblement son visage si doux m'attire comme un aimant.

Quand je prends conscience que l'orage s'éloigne et que la pluie a cessé de tambouriner sur la tôle coiffant le logement des mariniers, je me lève à regrat. Je serai volontiers resté toute ma vie, du moins toute la nuit, assis en face de cette pure beauté, même sans jamais oser lui adresser la parole. Amour de jeunesse, première détresse !

— Allez petit, il est l'heure de repartir. Tes parents vont s'inquiéter, affirme le marinier d'une voix forte.

— Dépêche-toi sur le chemin. Ne va pas prendre froid, tu es encore tout trempé, ajoute sa femme.

— Grand merci pour la soupe.

— Ce n'est rien. On n'allait pas te laisser sous la pluie.

J'enfile ma veste encore humide. Je saisis mon sac et quitte la péniche le cœur gros. Je n'ai pas fait trois pas sur le chemin de halage que j'entends dans mon dos :

— À demain, petit. On passera l'écluse en fin de matinée. Dis-le à ton père.

Je me retourne et adresse, sans un mot, un signe de la main au marinier. L'orage a lavé le ciel, plus le moindre petit nuage et tant d'étoiles perçant la voûte céleste. Sur le chemin, je garde la tête baissée pour éviter de poser les pieds dans l'eau des nombreuses flaques où la lune se reflète.

La fenêtre de la maison familiale est encore éclairée, malgré l'heure tardive. Un rectangle de lumière crue tâche le sol devant l'entrée. Je pousse la porte, à peine, déjà mes parents se précipitent, me pressent de questions sur cette journée passée. Je n'ai pas le temps de répondre que fuse une nouvelle interrogation. En quelques minutes, ils connaissent l'essentiel et laissent éclater leur joie. Ils rient et m'étreignent avec fougue et tendresse. Ma sœur Justine, venue passer la soirée avec eux en attendant mon retour, affiche un large sourire. Assise sur un banc, elle se tient légèrement à l'écart pour protéger son ventre portant à nouveau le fruit de son amour pour son forgeron. Elle qui a décroché ce diplôme tant convoité bien avant moi, elle sait ce que je ressens à cet instant. Les mots sont inutiles pour une fois. Elle me sourit simplement.

Le lendemain matin, mon père vient s'asseoir à côté de moi sur le banc. Jamais il ne prend une autre place autour de la table que la sienne, au bout sur la chaise paillée face au profond tiroir à pain. Je n'ai pas le temps d'exprimer ma surprise, il me prend par l'épaule et écarte l'assiette devant moi. Il tire de la poche de son gilet un petit paquet enveloppé de papier journal.

— Tiens, pour ton certificat.

Je ne peux que bredouiller un faible merci. Les larmes me montent aux yeux. Un cadeaux ! C'est si rare chez nous. L'argent gagné par mon père ne nous autorise aucune folie, aussi minime soit-elle. Impatient d'en découvrir le contenu, je déchire le papier et dans ma main apparaît un couteau, un magnifique couteau de poche à la lame brillante et au manche de corne noire avec des rivets dorés.

— Tu nous as vraiment fait plaisir et honneur avec ce certificat, alors c'est pour toi. Tu l'as bien mérité. Prend-le et ne le perd pas.

Délicatement j'ouvre la lame et je passe mon doigt sur le fil tranchant. J'admire le poinçon imprimé en creux dans l'acier froid. Je me lève, retire mon ancien couteau du fond de la poche de mon pantalon et enfouis le nouveau à la place, mon mouchoir par-dessus. Malgré l'épaisseur du tissu, je le sens contre ma cuisse. Je suis heureux. J'embrasse mes parents et sors aussitôt essayer mon nouveau compagnon au détriment des brindilles et autre rejet végétal. Rien ne résiste à sa lame finement aiguisée.

Je m'applique à écorcer un bâton de frêne quand je perçois au loin le bruit d'un moteur. Je me dresse sur la pointe des pieds et observe le canal. Au détour d'un coude que décrit la voie d'eau, je vois arriver une péniche, celle d'hier soir. Je me précipite pour préparer l'écluse. Mon père en ouvre déjà les portes.

— Alors petit, tu es bien rentré à ce que je vois, m'apostrophe le marinier. Et se tournant vers mon père. C'est un bon garçon que vous avez là.

— Oui, je le sais. Il nous donne bien des satisfactions.

À cet instant, la jeune fille apparaît sur le plat-bord. La lumière du soleil brille sur sa longue chevelure rousse délicatement bouclée. Ses grands yeux verts en amandes me fixent avec douceur. Je lui adresse un discret signe de la main qu'elle me rend timidement en baissant la tête. La brise du matin fait onduler le bas de sa robe longue, découvrant un petit espace de sa peau claire. Je suis instantanément sous le charme et j'en oublie de refermer les portes après l'entrée du bateau dans l'écluse.

— Eh petit, tu rêves !

Légèrement honteux et le rouge au visage, je n'ose plus regarder vers le plat-bord. je m'active sur la manivelle. Pendant ce temps, le marinier et mon père poursuivent la discussion. J'entends mon père annoncer, non sans une certaine fierté.

— Avec son certificat d'études, il sera postier ou cheminot. Ce sont de bonnes places. Nous ne nous ferons pas de soucis pour son avenir.

— C’est ce que tu veux faire, petit ? me demande le marinier en me regardant.

Je redresse la tête et sans réfléchir, je me surprends à répondre en fixant la jeune fille :

— Non, je ne veux pas. Je serai éclusier et j’attendrai votre passage.

6

Dans la chaleur de cette fin de journée estivale, le lourd vol des hannetons anime l'air calme de vibrations grossières. Le bourdonnement de leurs ailes frôle mon oreille et me distrait de mes pensées. Je suis assis sur le banc que mon père vient d'installer sous un chêne près de l'écluse, non loin de la maison mais tout de même assez pour pouvoir s'en isoler. Il aime désormais venir s'y reposer le soir après le passage du dernier bateau. Mon père vieillit. Il se fatigue vite à présent. Lui qui ne tenait jamais en place, le voilà reprenant souvent son souffle accoudé contre la manivelle de l'écluse ou une barrière quelconque se trouvant à portée de sa main.

Il se repose sur ce banc, mais aussi il y réfléchit à sa condition d'éclusier, à la vie qu'il a offert et offre encore à sa famille, aux évolutions d'un monde qui l'entoure et qu'il peine parfois à comprendre. Certes, il ne pousse jamais la porte vitrée du café du village, où se colportent toutes les nouvelles, les vraies comme les plus farfelues, mais, posté fidèlement à son écluse, il en apprend beaucoup avec le passage des mariniers et les visites de quelques rares amis. Mon père est un solitaire qui a besoin de connaître l'environnement au sein duquel il évolue. Un solitaire, mais pas un ermite.

Aujourd'hui que je vais sur mes seize ans, il m'entretient régulièrement des sujets qui le préoccupent. Il pense que je peux à présent tout entendre et tout comprendre. Il me prépare à la vie, comme il me l'assure en souriant.

En ce moment un événement lui fait souci ; une invitation au château du Plessis. Enfin une invitation, plutôt une convocation. Il ne sera pas seul, tous ses camarades éclusiers doivent également répondre présents.

Le château du Plessis dresse fièrement ses trois tours et son corps de logis en briques rouges couvert d'ardoises grises au bord du canal, à une petite heure de marche de la maison. Son imposante façade principale regarde l'incessant défilé des péniches chargées de marchandises, tandis qu'à l'arrière de la bâtisse se développe un vaste parc planté de cèdres, érables et autres séquoias centenaires, arbres magnifiques et inconnus dans notre campagne. Un bassin circulaire, au centre de ce parc, projette en l'air un mince jet d'eau sortant de la gueule d'un dauphin aux grandes écailles de pierre grise en partie dissimulées sous la mousse. Un haut mur, en briques également, entoure et protège la propriété des regards indiscrets. Mais depuis peu longtemps ponctué de quelques brèches, il ne remplit plus parfaitement son rôle. C'est par l'une de ces brèches que j'ai pu observer ce château et son parc, une seule fois à l'occasion de mon retour du certificat d'étude.

Voilà, c'est tout ce que je connais de ce lieu dont notre avenir dépend étroitement. En effet, le comte de Morières, qui en est l'occupant actuel à la suite de ses nombreux ancêtres, est le principal propriétaire de la concession du canal et de la compagnie de bateaux assurant le convoyage des bois de pin destinés à l'étayage des galeries des mines du canton voisin. Au retour les péniches transportent le charbon jusqu'aux hauts fourneaux du Camp. Le comte est d'ailleurs également le premier actionnaire de ces aciéries. Une organisation parfaite à son profit et celui des siens. Les rouages de cette machine bien huilée sont les mariniers auxquels le comte confie ses bateaux et les éclusiers comme mon père. Une centaine d'hommes et donc autant de famille à vivre sous la volonté d'un seul homme. Alors que peut bien signifier cette convocation au château ? Quelles nouvelles ?

Jusqu'à présent, les modifications apportées par le comte tout au long du canal n'ont jamais profité aux hommes de l'eau. Toujours plus de corvées pour moins d'avantages, et au final une vie quotidienne que se durcit. Jusqu'à présent les rouages ont tenu bon, en courbant de plus en plus le dos et en acceptant tout sans condition. Il y eut bien un éclusier qui essaya de se révolter. Il tenait l'ouvrage juste à l'aval du nôtre. Il eut même l'outrecuidance de vouloir fédérer les autres éclusiers et les mariniers à son mécontentement. Bien sûr, tous reconnurent en leur for intérieur que ses raisons étaient justes, mais aucun n'eut le courage de l'accompagner au château. Il s'y rendit donc seul et présenta ses doléances. Le comte l'écouta puis, sans lui répondre, le fit mettre à la porte. Le lendemain matin, un nouvel éclusier devenait notre voisin.

— À vouloir un peu plus, il a tout perdu, concluait alors mon père dans un regret.

Revient à sa mémoire ce triste épisode quand il pense à cette convocation. Qu'ont-il fait ou n'ont-il pas fait pour justifier ce déplacement qui va immobiliser le canal pendant une moitié de journée ?

— Tu viens avec moi César. Il faut que tu apprennes ce que sont ces gens dont notre vie dépend. Peut-être que cela t'aidera à faire un meilleur choix pour ton avenir. La condition d'éclusier n'est plus ce qu'elle était.

— Mais tu sais bien que c'est ce métier que je veux faire et aucun autre. J'aime le canal.

— Tu as encore le temps de changer d'avis et avec ton certificat d'études, tu pourrais prétendre à mieux, beaucoup mieux crois-moi.

— Je te crois. L'instituteur me l'a dit aussi. Seulement ma vie est ici, au grand air et pas enfermé dans un bureau. J'en suis certain.

— Tu verras, tu verras. Il te faut encore y penser.

Nous marchons côte à côte sur le chemin de halage. Nous n'échangeons plus une parole. La mine renfrognée de mon père trahit son inquiétude croissante à mesure que nous approchons du château. Pendant un long moment, un héron nous accompagne, volant et se posant toujours une dizaine de mètres en avant. L'oiseau recommence plusieurs fois ce manège, puis d'un coup il se détourne et rebrousse chemin. Je lève alors les yeux de la surface du canal et dans le soleil levant j'aperçois les ardoises luisantes des tours du château. Instinctivement, nous ralentissons l'allure. S'il ne faut absolument pas arriver en retard, il ne sert à rien de se présenter en avance pour attendre dans le hall sans oser le moindre geste de peur qu'il soit déplacé.

En chemin, trois camarades de mon père nous ont rejoint, dont notre nouveau voisin, remplaçant de l'éclusier contestataire. Plus que tout autre son visage est blême et les mots ne peuvent franchir la barrière de ses dents serrées. À peine plus d'une dizaine de paroles sont échangées pendant le reste du voyage. Mais les banalités ne sont plus d'actualité.

Un contremaître du canal nous attend à notre arrivée ; le même qui était venu nous signifier l'obligation de notre présence aujourd'hui. Pour nous, il n'est pas question des honneurs de la double grille d'entrée principale. Nous pénétrons la cour du château par une petite porte dérobée. Le hall ne nous est même pas réservé, juste la cour gravillonnée. Curieux et pitoyable spectacle que ces hommes, forts et âpres à la tâche pour la plupart, dansant d'un pied sur l'autre en tordant leurs casquettes entre leurs mains inutiles. J'ai honte et tout à la fois je ressens une grande peine pour eux, comme pour moi qui ne vaut pas mieux à cet instant précis. Aucun n'ose parler. Ils se regardent furtivement, anxieux.

L'attente dure de longues minutes. Têtes baissées, les yeux plongent vers les gravillons, comme si les éclusiers avaient pour mission de les compter un à un. Moi, je regarde en l'air. Je ne peux me retenir d'admirer l'harmonie se dégageant de la façade en briques percée de hautes fenêtres à petits carreaux. Si la nature se montre toujours imaginative et créatrice de beautés sans pareilles, en certaines occasions l'homme peut aussi s'avérer fort habile. Mais cette harmonie humaine est toujours composée de symétries, de lignes droites et d'angles brisés, alors que la nature n'est que courbes, ondulations et empilements semblant désordonnés. J'ai passé et je passe encore pas mal d'heures à la contempler pour en analyser les moindres détails. À mes yeux, le Plessis est le parfait exemple prouvant que l'homme peut magnifier son savoir, mais il lui reste beaucoup à apprendre de la nature.

Et comme il doit faire bon vivre entre les murs d'une telle bâtisse. J'essaie vainement d'en imaginer les aménagements intérieurs. Secrètement j'espère que nous allons franchir la grande porte protégée par une élégante grille en fer forgé ; sans doute l'œuvre d'un compagnon forgeron de passage au cours de son initiatique tour de France. Je souhaite ardemment poser mes yeux sur les lignes intérieures, au moins du hall et de l'escalier monumental que je devine pures elles aussi.

Mon espoir est de courte durée et surtout déçu, car sans crier gare le comte apparaît sur le perron. Il a fière allure avec ses cheveux blancs plaqués en arrière et sa moustache fournie. Chapeau de paille sur la tête, il est vêtu d'un pantalon et d'une vestes clairs sur un petit gilet brodé aux fines rayures vertes. Une chaîne de montre en or pend de la poche de son petit gilet. Il se tient raide sur ses jambes.

— Mes respects monsieur le comte, se courbe le contremaître.

— Sont-ils tous arrivés ?

— Oui, il n'en manque aucun.

— Parfait, oui c'est parfait. Commençons !

Hautain, il se tourne et toise d'un regard froid la masse des éclusiers assemblés. Imperceptiblement, ils se sont tous rapprochés, serrés les uns contre les autres. Sans adresser un salut, même un signe de la main, il déclare d'une voix forte :

— Des changements doivent intervenir dès demain dans la conduite du canal, pour notre bien à tous.

À ces mots, certains pensent avec raison : pour son bien à lui surtout ! Mais comme pétrifiés, ils ont le regard fixé sur les chaussures vernies du comte se situant bien plus haut qu'eux, cinq à six degrés au-dessus. Ils écoutent avec la plus grande attention.

— Deux choses doivent changer. Et il n'y a pas à en discuter. Je n'empêche personne de ne pas accepter mes décisions, mais alors la porte est grande ouverte. L'exemple de votre camarade contestataire dernièrement est très clair.

La menace n'est pas voilée. Tous baissent la tête et comprennent qu'un vent mauvais va souffler sur leurs épaules et les déshabiller un peu plus. Les plus faibles en tremblent par avance.

— Je ne peux pas refuser aux péniches d'autres compagnies d'emprunter le canal. Mais elles sont de plus en plus nombreuses et retardent le trafic de mes mariniers. Comme j'ai la gestion du canal, je vous ordonne de donner priorité à mes bateaux. Les mariniers sont avertis et ils ne manqueront pas de signaler au contremaître le moindre manquement à cette règle qui s'applique dès demain. C'est donc simple. Si un de mes bateaux arrive juste derrière une péniche d'une autre compagnie, vous le faîtes écluser en premier. L'autre attendra. De même vous préparez l'écluse à la montée ou à la descente au profit de mes bateaux, même si pour cela vous devez fermer la porte au nez d'une péniche étrangère. Je pense avoir été suffisamment clair. Je ne reviendrai pas là-dessus. Et au moindre problème, alertez le contremaître.

Une infime secousse anime l'ensemble des éclusiers. Cette nouvelle disposition, difficilement applicable, va provoquer maints conflits aux écluses. Des heures troublées s'annoncent. Personne n'ose émettre la moindre objection, et pourtant elles pourraient être nombreuses.

— Enfin, je ne vais pas vous retenir plus longtemps car le travail vous attend, mais cette seconde nouvelle vous concerne encore plus directement. J'ai décidé de modifier l'attribution des écluses et d'affecter certains d'entre vous à d'autres tâches. Le canal a besoin d'entretien et des travaux de colmatage et de maçonnerie sont nécessaires dans les biefs et sur les bajoyers. Donc certains d'entre vous auront la charge du fonctionnement de deux écluses, proches l'une de l'autre, et celui qui n'aura plus à s'occuper du passage des bateaux ira aux travaux d'entretien. Là dessus non plus, il n'y a pas à discuter. Pour aller d'une écluse à l'autre, vous pourrez acquérir une bicyclette, à votre charge bien sûr. Le contremaître va vous donner tous les détails pour chacun et ne vous attardez pas en chemin. Les bateaux attendent pour passer. Nous avons assez perdu de temps pour aujourd'hui.

Sans un mot de plus, le comte tourne les talons et rentre dans l'ombre de son château. Il nous laisse sans voix dans la cour baignée d'un timide soleil matinal et accablés par cette dernière disposition. Si la première nous paraît inapplicable dans la sérénité au quotidien, cette dernière est profondément injuste. Comment gérer deux écluses à la suite ? Et quelle vie pour les éclusiers dépossédés, obligés d'aller de chantier en chantier au long du canal ? Un instant, un bref instant, la masse des forçats du canal gronde. Mais bien vite chacun se souvient où il se trouve et cette faible rébellion se tait pour toujours.

À tour de rôle, à l'appel de son nom, chaque éclusier rejoint le contremaître pour recevoir ses nouvelles attributions. Mon père conserve son écluse et gagne celle en aval, celle de notre nouveau voisin. Ce dernier avait raison de se montrer particulièrement inquiet tout à l'heure sur le chemin. Sa situation empire. Elle n'est désormais faîte que d'incertitudes pour le lendemain. Au fond de lui, même s'il ne le montre pas, mon père est soulagé car je vais pouvoir m'occuper de la deuxième écluse. Pas besoin d'acheter un vélo sur nos économies familiales. Et de toute façon, avec quel argent ? Mon père ne gagne pas assez pour se permettre une telle folie.

C'est déplacé, j'en conviens, mais je suis content. Je vais prendre en charge ma propre écluse, bénévolement certes, mais il n'y a pas d'autre issue possible. Je vais passer mes journées, non plus simplement à aider mon père, mais à décider de mon ouvrage. La fougue de la jeunesse me cache l'ampleur de la responsabilité qui m'incombe. Bien sûr toutes ces nouvelles et funestes décisions sonnent le glas de l'exercice déjà fragile d'un métier en sursis. Mais pour moi, égoïstement, elles sont l'occasion de montrer ce dont je suis capable. Je veux être éclusier, et malgré mon jeune âge je vais prouver que je peux l'être sans l'aide d'autrui.

Le retour à la maison est morose. Je n'ose partager avec mon père les sentiments qui m'assaillent. Lui ne me parle tristement que des aspects négatifs de ces nouvelles dispositions. Et je suis bien obligé de reconnaître qu'ils sont nombreux. Il a raison. Pour la première fois, je prends vraiment conscience que le malheur des autres peut faire le bonheur, même éphémère d'un seul.

Toute la nuit, le ululement de la chouette a vibré dans les arbres le long du canal. Le sinistre et insistant appel sans réponse a accompagné mes heures d'insomnie et d'agitation butée entre les draps à toile épaisse de mon lit. J'ai sans cesse revécu la journée d'hier, la visite au château, les décisions du comte et l'avenir avec l'écluse nouvelle m'attendant le lendemain. Je me suis effondré à l'aube, mais déjà il est temps de me lever.

Une toilette rapide dans la bassine sur l'évier, un petit-déjeuner trop vite avalé et me voilà sur le chemin de halage en direction de l'écluse de notre voisin. Que vais-je trouver en arrivant ? Est-il déjà parti ? L'inquiétude me ronge pendant le temps nécessaire pour parcourir la distance entre les deux ouvrages. Je pense à l'infortune de notre voisin et je serre les poings. Mais quand ma chance m'apparaît, je relâche cette tension intérieure et souris à la vie.

La nature s'éveille le long du canal, la végétation s'anime au passage des animaux et comme elle, j'ai le sentiment de n'être qu'au début d'une belle journée, au début de ma vie d'homme.

C'est une femme en pleurs qui m'accueille sur le chemin. Elle m'a aperçu au loin et elle est sortie de sa maison pour venir à ma rencontre. Résignée, elle m'accompagne, me montrant l'ensemble de son domaine perdu qui devient le mien à cet instant. Elle pleure sur son sort, celui de son mari parti aux premières lueurs du jour vers un chantier dont il ignore tout et dont il ne reviendra pas avant plusieurs jours. Elle pleure l'indifférence du comte et la malchance qui la poursuit avec obstination depuis trop longtemps.

Face à cette détresse se déversant à flots à mes côtés, je reste stupide. Je ne sais quoi dire. J'ai honte d'être là, à la place de son mari, et en même temps j'ai hâte qu'elle en finisse pour me laisser jouir librement de ma chance. Je dois être vraiment très égoïste pour ne pas savoir la consoler ou du moins pour ne pas avoir envie d'essayer. Égoïste mais honnête, car je ne veux pas faire semblant de m'apitoyer, alors qu'au plus profond de moi je suis heureux.

Nous achevons notre rapide tour de l'écluse. Elle essuie ses joues inondées avec un mouchoir et, en réponse à mon silence, me fixe droit dans les yeux. Je sais ce qu'elle déchiffre dans la clarté de mon regard. Sans un mot de plus, elle se détourne et rentre chez elle, le dos voûté en traînant les pieds. Je ne la reverrai plus de la journée, ni les suivantes.

Mon premier bateau pointe son étrave face aux portes encore closes de l'écluse. Je m'active pour ne plus penser.

Au début de l'après-midi, la chaleur du soleil me cueille sur le banc contre la cabane servant d'abri par mauvais temps. La fatigue accumulée de la matinée de travail à faire passer une quinzaine de bateaux et celle de mon insomnie nocturne me plonge dans un engourdissement salutaire. Je somnole, bercé par le chant des oiseaux et le clapotis de l'eau contre les pierres du bajoyer.

— Oh César, tu devrais vite retourner chez toi, me crie un marinier depuis la marquise d'un bateau que je n'ai pas entendu approcher. On va se débrouiller avec l'écluse, ne t'inquiètes pas.

— Qu'est-ce qui se passe ?

— Ça chauffe là-haut entre les bateaux de la compagnie et les autres. Ton père n'arrive pas à calmer son monde. Ils veulent tous entrer dans l'écluse en même temps.

Je laisse la manivelle au marinier et je cours comme un fou sur le chemin de halage. Ce matin je l'avais parcouru inquiet mais confiant ; c'est rempli d'angoisse que je l'emprunte si vivement maintenant. Je sais mon père impuissant à élever la voix suffisamment pour se faire respecter. Il est trop bon pour cela, il ne voit pas les hommes comme ils sont réellement, individualistes et avides. Je me découvre comme eux, alors je sais de quoi je parle. Mais lui, depuis que mon frère aîné lui a montré la voie négative que l'homme était capable de suivre, une impasse, il veut croire qu'il a engendré là une exception. J'aimerais tant qu'il ouvre les yeux, juste une fois. Qu'il découvre enfin les hommes tels qu'ils sont. Et ceux qui se disputent devant son écluse en sont le parfait exemple.

— Que fais-tu là César ? s'étonne mon père en me voyant essoufflé.

— Le marinier de la Lancette m'a averti, alors je viens t'aider.

— Et ton écluse ?

— Elle attendra.

— Mais ça va ici. Ils vont se calmer. De toute façon je refuse d'ouvrir les portes de l'écluse pour l'instant. J'ai même caché la manivelle pour qu'ils ne s'en emparent pas.

— Il faut trouver un arrangement ou faire venir le contremaître.

— Les mariniers de la compagnie veulent imposer les ordres du comte. Ils sont enragés. Les deux autres, arrivés bien avant ne veulent pas céder leur place. Mais regarde, ils vont en venir aux mains. Que faire, mais que faire ?

Les premiers coups de poing volent dans l'air et meurtrissent les visages et les côtes. Les bras décrivent des moulinets, les corps rebondissent. Un nez saigne. Un marinier se retrouve à terre, assis les jambes écartées. Il n'a pas le temps de reprendre ses esprits qu'un grand gaillard de matelot se précipite pour lui asséner un coup de pied dans le ventre. Mon père ne peut supporter plus longtemps ce spectacle. Il se précipite à son tour. Il veut s'interposer entre l'agresseur et sa victime. Il n'en a pas le temps, il se retrouve projeté sur le côté.

Effaré, je l'observe, pantin désarticulé, tenir en équilibre une fraction de seconde sur le bord de l'écluse avant de basculer dans l'eau froide. Sa tête heurte violemment l'angle de la porte métallique. Accompagnant mon cri, il coule à pic. La bagarre cesse immédiatement. La gravité de la situation douche froidement les esprits échauffés. Un marinier s'empare d'une longue perche munie d'un crochet. Il tente vainement de repêcher mon père, tandis que je reste pétrifié au bord de l'écluse, le regard rivé sur l'eau noire et bouche ouverte sur un cri ne voulant plus sortir. Ma mère accourt. Il est trop tard.

Dans une boîte en bois brut, posée sur des tréteaux bas, recouverte d'un tissu noir, mon père repose en paix dans le recueillement de l'église. Les bancs sont occupés par les mariniers et les éclusiers, même le comte et son contremaître sont présents. Le canal est en deuil.

J'entends sans écouter les propos insipides du curé qui recommande son âme à Dieu. Il est bien temps qu'il se préoccupe de mon père celui-là. Sait-il seulement qui il est ? Mon père a vécu si discrètement qu'il risque bien d'être éternellement oublier dans la mort.

Je suis au premier rang. Comme un automate, je me lève et je m'assois au rythme de la messe. Je sens les légers coups de coude de ma sœur Justine, veillant à ce que j'adopte la bonne posture en même temps que tous les autres. Je fixe la flamme d'un cierge à m'en faire mal aux yeux. Dans cette flamme, qui vacille et se courbe sous l'effet d'un courant d'air, je vois l'illustration parfaite de la vie de mon père. Il est passé dans ce monde comme cette frêle lumière, toujours à la limite de s'éteindre et courbant l'échine pour adoucir les plus durs moments. Mais il est toujours resté debout. Soudain, un souffle d'air plus vif noie la petite flamme dans la cire liquide à sa base. Pour la première fois depuis le drame de l'écluse, je prends conscience de l'absence paternelle et je m'autorise à pleurer.

Au son lent et répété de l'unique cloche de l'église, le cercueil quitte la pénombre pour se retrouver au grand jour. Nous le suivons tous à pas mesurés et dans le silence interrompu seulement par quelques quintes de toux, les reniflements et les larmes discrètes mais sincères. Le cimetière n'est pas loin, quelques dizaines de mètres à peine. Mon père y rejoint l'ensemble de mes grands-parents et la mémoire à jamais silencieuse du village et du canal. En ce triste lieu, alignements stériles de vies passées et parfois gâchées, j'accompagnais ma mère une fois par an, chaque début du mois de novembre pour la fête des morts. Désormais, je pousserai plus régulièrement la lourde porte rouillée.

Dans une dernière prière, le cercueil glisse le long des cordes. Il gagne pour toujours l'ombre froide et humide de la terre. Quand la première pelletée résonne contre le bois, je ne peux m'empêcher de détourner le regard. Mais le pire reste à venir : les condoléances. Alignés avec notre chagrin devant la tombe, ma mère, ma sœur et moi subissons le défilé de l'expression des peines partagées. Un calvaire !

Voilà, c'est fini. Mon père est bel et bien parti pour toujours. Que me reste-t-il de lui ? Une foule de souvenirs, le couteau reçu en cadeau, son éducation et ses valeurs. Pourrai-je désormais vivre juste avec cela ? Il le faudra bien.

Je marche à côté de ma mère dans l'allée centrale du cimetière. Je la soutiens doucement afin qu'elle reste digne à chaque pas. Je la sens comme la flamme du cierge de l'église, tellement vacillante. À la sortie, le comte de Morières nous attend.

— Madame, mon garçon, je suis sincèrement désolé. Le malheur qui vous frappe en cet instant nous affecte tous. C'était bien entendu un accident, rien qu'un accident.

Il insiste tellement sur ce dernier mot en scandant chaque syllabe que je comprends qu'il n'y a pas à remettre en cause cette version des faits. Pas de vague sur le canal et sur la compagnie, surtout pas de vague ! J'ai envie de lui hurler au visage qu'il fallait penser aux éventuelles conséquences de ces injustes décisions avant de dresser les uns contre les autres les hommes de l'eau. Mais comme l'avant-veille au bord de l'écluse, ma voix reste muette, bloquée dans ma gorge. Si à l'origine l'effroi était la cause de mon silence, aujourd'hui c'est la lâcheté, la peur de tout perdre. Je fais comme la flamme du cierge, comme mon père, je ploie. Alors, rassuré, le comte poursuit :

— Votre mari et père était un très bon éclusier. Je vais le regretter, vraiment. Bien sûr, je prends les frais de l'enterrement à la charge de la compagnie du canal, et j'offre le poste d'éclusier à toi, César. Malgré ton jeune âge et le fait que tu ne sois pas encore parti au régiment, je pense que tu feras un bon éclusier toi aussi.

7

C'est incroyable comme le temps qui passe est habile à cicatriser les blessures, même les plus profondes. Quand je regarde l'écluse où mon père a péri, je ne revis plus le drame comme aux premiers jours. D'une parfaite et douloureuse netteté, ses contours sont devenus flous. Et parfois j'en arrive même à me persuader qu'il s'agissait d'un accident. Alors, je m'assoie et je puise au plus profond de ma mémoire pour ne pas oublier, ne jamais oublier qu'il ne s'agissait pas réellement d'un accident.

J'ai très vite pris l'habitude de courir entre les deux écluses pour faire passer les bateaux dans les meilleures conditions. Bien sûr, je donne la priorité à ceux de la compagnie. Les mariniers se sont résignés à accepter cette disposition ; la mort de mon père ayant grandement contribué à cette résignation.

Ma vie aujourd'hui est donc une course incessante entre deux écluses. Je regrette le temps où, entre deux bassinées, il était possible de rêver, d'observer la nature. Désormais le rêve est presque devenu cauchemar. Pourtant j'aime toujours autant ce métier et pour rien au monde je n'en changerai. J'ai même fini par acheter un vélo pour améliorer un peu mes conditions de travail. Ce fut un sacrifice financier difficile à assumer. Mais dresser sur les pédales, j'avale en un rien de temps les deux kilomètres de distance séparant les limites de mon domaine. Le temps pourrait maintenant s'immobiliser pour l'éternité, je crois que je serai heureux. Mais l'eau coule dans l'écluse et la vie continue.

Depuis quelques jours, les feuilles quittent en pluie régulière les branches des arbres les ayant vu naître et croître pendant toute la belle saison. Elles jonchent le sol, recouvrent la terre nue du chemin de halage et flottent en paquet à la surface du canal. Rousses, grillées, cassantes, elles ne sont plus que l'ombre d'elles-mêmes. Elles ont abandonné leur bel habit vert et souple pour revêtir leur dernière tenue aux couleurs de l'hiver annoncé. Au fil des jours, certaines disparaissent noyées, brisées sous les pas des hommes et des animaux arpentant le chemin et les abords des écluses. Dans un souffle d'air subit, un tourbillon de feuilles mortes s'élève, entame une dernière danse, un ultime salut avant de quitter la scène.

Je les regarde s'envoler au-dessus de l'eau. En les suivant des yeux, mon regard butte sur la silhouette d'un homme avançant lentement sur le chemin de halage. Je le reconnais, c'est le facteur, porteur des bonnes et mauvaises nouvelles. Il parcourt inlassablement les chemins du village pour délivrer à chacun son lot de joies, de peines et d'inquiétudes. Le dos courbé sous sa pèlerine et le poids de sa sacoche en cuir dont la courroie lui blesse l'épaule, il défie le ciel. Qu'il pleuve, vent ou neige, il est toujours présent à ces rendez-vous quotidiens. C'est avec appréhension que je le vois s'approcher et m'adresser un bref signe de la main. Je ne reçois jamais de courrier, à part les très rares lettres de Léa.

Il arrive à ma hauteur, plonge la main droite dans sa sacoche et en sort un pli officiel cacheté. Il me le tend. Je n'aime pas cela.

— Voilà mon gars. Le temps est venu de prendre ton baluchon et d'aller voir du pays. La caserne t'attend.

Je reste figé, la lettre dans la main.

— Eh bien, tu ne l'ouvres pas ? Tu ne veux pas savoir où tu vas ?

— J'ai bien le temps de l'apprendre. Les nouvelles sont mauvaises et pour le moment j'ai un bateau à passer.

Je froisse le pli et l'enfonce au plus profond de ma poche de pantalon. Ce geste brusque est l'expression la mieux contenue de la rage qui m'envahit à la pensée de mon prochain départ. Il y a encore quelques minutes, je m'imaginais restant jusqu'à la fin des temps entre mes deux écluses. Maintenant je sais que mon avenir m'échappe pour de très longs mois, des années. Ce coup du sort, malheureusement prévisible, est difficile à accepter et intérieurement je sens une tempête se lever.

Il y aurait bien la solution d'aller quémander une faveur auprès du comte pour qu'il m'épargne cette corvée du régiment puisque mon départ ne fait pas son profit. Mais mon orgueil m'interdit une telle démarche. Et pourtant je dois penser à ma mère. Elle sera seule et ne pourra plus rester à l'écluse. Celui qui me remplacera sera aussi le prochain locataire de notre maison. C'est une chose entendue, il ne peut en être autrement.

J'hésite tant sur la conduite à tenir que je prends la décision, dès ce soir, d'aller rendre visite à ma sœur Justine pour lui exposer ce problème et trouver une solution acceptable.

Le dernier bateau de la journée est éclusé. Je prends un bâton en main et je suis le chemin menant au village. Je marche vite. J'ai besoin de savoir.

La forge du mari de Justine ouvre sa gueule d'enfer à deux pas de l'église. Seule la devanture animée du café les sépare. Quand j'arrive, je découvre l'apprenti actionnant l'énorme soufflet pour attiser les braises. L'extrémité d'une barre de fer est plongée dans le foyer incandescent. Elle rougeoie dans les petites flammes nerveuses s'échappant du charbon. Le forgeron s'empare de la barre à l'aide d'une longue pince et pose la matière brûlante sur l'enclume. Au premier coup de marteau, une gerbe d'étincelles imite un feu d'artifice en miniature autour de l'ouvrage. Puis à chaque coup répété, le métal en fusion sous la contrainte s'aplatit de plus en plus et prend la forme désirée : celle d'une hache. Fasciné, j'observe la transformation de la matière. Je n'ose pas franchir le seuil de l'atelier, peur de déranger. Devinant une présence dans son dos, mon beau-frère se retourne.

— Eh te voilà toi ! Il y a longtemps. C'est Justine qui va être contente.

— Bonjour. Ne te dérange pas Joseph, je fais juste que passer.

— Ah non alors. On va boire un coup. Tu as vu comme il fait chaud à l'enclume. Pousse jusqu'à la maison. Je finis cette pièce et je vous rejoins. De toute façon j'arrête pour aujourd'hui. Il est bien assez tard.

Je traverse la forge en faisant un détour pour éviter la chaleur du foyer. Je pousse la porte vitrée au bois noirci et aux carreaux couverts de poussière, héritage de tant d'années de travail. Je pénètre une petite cour. La maison en ferme l'extrémité. Ses deux petites fenêtres et la porte ne suffisent pas à éclairer les pièces au plafond bas. Mes yeux doivent s'habituer quelques secondes à la pénombre pour que je puisse deviner ma sœur occupée au ravaudage d'une chemise usée jusqu'à la trame. J'appelle :

— Justine, c'est moi.

Elle se retourne, surprise. Un doux sourire éclaire immédiatement son visage encore jeune malgré les maternités successives et la dureté de sa vie quotidienne. Elle se lève et se précipite pour m'embrasser généreusement sur les deux joues. Si ma barbe de plusieurs jours lui est désagréable, elle n'en laisse rien paraître. Me prenant par la main, elle m'attire jusqu'au banc devant la longue table. Elle appuie doucement sur mes épaules. Je m'assoie.

— Tu viens pas assez souvent.

— Tes premières paroles sont un reproche.

— Tu as raison, pardonne-moi. Mais tu me manques. Et comment va notre mère ?

— Elle vieillit. Toi non plus tu ne viens pas souvent à l'écluse. Elle aimerait t'y voir de temps en temps.

— Que veux-tu, avec la forge, la maison et les enfants. Des fois je regrette ma vie d'avant au bord du canal.

— Va, tu n'as rien à regretter. La vie là-bas n'est peut-être pas mieux que la tienne. Où qu'on soit, le fardeau est le même, toujours aussi lourd.

— Quand même… Et pourquoi tu viens au village ?

— Je ne viens pas au village, je viens te voir.

En un instant le visage de ma sœur se décompose. Elle s'assoit sur le banc à mes côtés et pose la maison sur la mienne. Je sens la chaleur de sa paume sur ma peau.

— César, il est arrivé un malheur. Maman ? Léa ?

— Pas encore, rassure-toi.

— Alors, quoi ?

Je tire la lettre froissée de ma poche. Je la lui tends.

— Tiens, lis toi-même. Je ne l'ai pas ouverte. Je n'en ai pas eu le cœur.

Elle retourne le papier dans ses mains, regarde avec attention l'en-tête officiel indiquant l'identité de l'expéditeur. Elle déchire délicatement l'enveloppe. Elle lit et relit une fois encore. À la fin dans un soupir, elle lâche :

— Il fallait bien que ça arrive un jour.

— Ben oui.

— Que vas-tu faire ? Tu vas perdre l'écluse ?

— C'est pour ça que je suis là. Qu'en penses-tu ?

— Bien sûr tu ne veux pas aller pleurer une faveur au comte et tu as raison. Je te comprends. La fierté est notre seule véritable richesse. Donc tu vas partir là-bas, dans l'est.

— Bien obligé. Et mère ?

— Nous allons la prendre avec nous. Cela ne va pas faire beaucoup plaisir à mon mari, mais que pouvons-nous faire d'autre ?

— Et les meubles, les outils et mon vélo ?

— Nous trouverons bien un endroit où les entreposer en attendant ton retour. En as-tu parler à maman ?

— Je n'ai pas osé. J'ai reçu la lettre ce matin et toute la journée j'ai tourné et retourné le problème dans ma tête.

— Demain, je viendrai à l'écluse et nous lui parlerons ensemble. Il faudra bien qu'elle accepte de venir au village. Et puis comme ça, elle sera plus proche du cimetière et de papa. En attendant, tu restes manger la soupe avec nous.

— Tu n'y penses pas. Mère m'attend. Je rentre avant qu'il ne soit trop tard.

Un vent froid m'accompagne sur le chemin du retour. Il me glace les épaules. Et bête que je suis, je n'ai même pas pensé de prendre une veste pour me protéger. J'avais vraiment la tête ailleurs quand j'ai quitté l'écluse.

Ce vent arrive de l'est. Il vient de là où je dois aller prochainement. Sa froidure est annonciatrice de sombres mois au sein de cette caserne dont j'ignore tout. Bien sûr j'ai situé cette ville grâce à mon ancien livre d'école, mais sur la carte imprimée, je n'ai découvert qu'un petit point noir. Noir comme l'avenir que j'imagine là-bas.

Au bout du chemin, la vue du canal me redonne un peu de courage. Je ne dois rien laisser paraître une fois rentré, et ce jusqu'à demain soir.

— Allons maman, il n'y a pas d'autre choix possible. César doit partir faire son temps et quand il ne sera plus là, tu pourras plus rester dans cette maison, plaide Justine.

— C'est ici que nous avons vécu avec ton père. Je suis vieille maintenant et je n'ai rien à faire avec les jeunes comme vous. La pleine vie de tes enfants me fatiguera trop vite et je vous encombrerai plus que de raison.

— Nous t'aménagerons une chambre dans un appentis à l'écart de la maison. Les enfants te dérangeront pas et si tu veux tu seras avec nous que le temps des repas.

— Mère, tu ne peux pas aller ailleurs. J'insiste. Nous ne possédons rien d'autre que nos meubles et nos outils. Il faut accepter l'offre de Justine. C'est ainsi.

— Alors je ne verrai plus le canal. Je ne sentirai plus sa présence le matin au lever du jour. Entre les murs de la forge, je vais m'éteindre à petit feu.

— Je te promets que dès mon service terminé, je reprendrai une écluse et tu me rejoindras.

— Si je suis encore de ce monde.

— Allez, essaie de voir les choses du bon côté. Chez nous, tu seras plus près du cimetière pour rendre visite à papa.

Justine se veut convaincante, mais je sens ma mère se ratatiner un peu plus au creux de sa bergère. Je crois qu'elle n'avait pas imaginé que ce jour arriverait si vite. Secrètement, elle devait espérer disparaître avant. Elle me fait sincèrement de la peine et je ne sais pas comment la soulager. Il faudrait lui laisser le temps de se faire à l'idée de quitter la maison éclusière pour s'installer au village. Sans doute l'ultime étape avant de rejoindre sa dernière demeure auprès de son mari. Oui, mais du temps nous n'en avons guère ; à peine trois semaines avant de prendre des chemins en direction de la caserne. Ce sera mon chemin de croix.

Le comte n'a pas traîné à me trouver un remplaçant à l'écluse. Il m'a bien promis de me trouver une nouvelle place à mon retour, mais je n'ose vraiment y croire.

Quant au déménagement, il ne fut pas une lourde charge. Un seul voyage avec la charrette prêtée par le menuisier a suffi pour débarrasser nos meubles et nos effets personnels. J'ai mis les outils dans la brouette et nous sommes partis. Nous avons entreposé le tout dans une annexe de la forge et dans la chambre bien modestement aménagée pour ma mère. Jamais la terre du chemin de halage n'avait absorbé autant de larmes. Le chagrin de ma mère faisait peine à voir. Et il était contagieux car aucun de nous n'a pu se retenir de pleurer en tournant la page d'une vie désormais composée exclusivement de souvenirs.

Voilà, tout est arrangé. Je peux maintenant partir le cœur plus léger. Je sais ma mère convenablement installée et surtout entre de bonnes mains. Chez Justine, elle ne manquera de rien.

Partir le cœur léger, l'expression est inappropriée car il est lourd ce cœur à la veille du départ. Depuis trois jours je vis au village. Certes il me tarde de prendre la route pour ne plus être à la charge de ma sœur, même si elle ne me reproche rien et si j'aide de mon mieux à la forge. Mais j'ai toujours travaillé en compagnie de l'eau et je ne connais rien au feu. Je ne sais pas lire dans ses couleurs et celles des braises. Je ne suis bon qu'à tenir l'ouvrage sur l'enclume à l'aide des longues pinces ou actionner le lourd soufflet. Et puis ce bruit assourdissant, cette violence du marteau sur l'enclume pour contraindre le métal…

Mon baluchon est prêt. Il attend dans un coin de la cuisine d'être enfin accroché au bout d'un bâton. Ce dernier, je l'ai coupé sur un noisetier au cœur d'une haie près de l'écluse. J'ai épluché l'écorce. J'aime le doux contact de l'aubier encore humide sur la paume. Je l'ai coupé de bonne taille, qu'il puisse non seulement porter mes maigres affaires, mais aussi me soutenir pendant la marche et au besoin repousser les mâtins menaçants.

Je ne sais pas ce que me réserve le chemin. Il sera long et je n'en connais que le départ le long du canal. Quand ce dernier s'étire vers les montagnes au nord, il me faudra lui dire adieu et poursuivre en direction de l'est. Cinq villes à traverser, autant de vallées à croiser, quelques collines à contourner et je serai rendu.

Plus jeune, le projet d'un tel périple m'aurait enthousiasmé. Aujourd'hui, même si je reste curieux, ma destination finale m'effraie et me gâchera les plaisirs de la découverte. Tant que je suivrai le canal, je ne serai pas dépaysé et avec un peu de chance je pourrai peut-être trouver le gîte sur des bateaux de connaissance. Mais après ? Bah, je tomberai bien sur une grange ou au pire l'abri d'un creux contre un talus pour passer la nuit.

J'en connais plusieurs au village qui se rendent au même endroit que moi. Ils vont entreprendre le même voyage, mais ils partiront beaucoup plus tard. Ils ont les moyens de s'offrir les services de la patache puis du train. Moi, je ne possède pas un sou vaillant. Alors je vais à pied comme les mendiants et les colporteurs. Marcher ne me fait pas peur. Je vais sur mes deux jambes depuis toujours et j'espère aller encore longtemps ainsi.

La nuit fut courte. Hier soir, nous avons veillé tard. Ma sœur a tenu à préparer un repas sortant de l'ordinaire. Après la soupe, elle a posé sur la table un poulet grillé. Il y avait belle lurette que je n'avais dégusté si bonne viande. Son mari avait monté de la cave une bouteille de vin bouché. Nous avons fait un festin de roi. Notre mère a juste picoré du bout des lèvres et encore toute à son chagrin, elle est partie se coucher de bonne heure, nous laissant entre jeunes comme elle dit. Après le vin, la goutte a réchauffé mon corps. Une curieuse sensation m'a alors submergé. À la fin de la soirée, je me suis senti fort, invincible.

Ce matin, il en est tout autrement. La tête à l'envers, je n'arrive pas à me décider à quitter la table. J'ai à peine touché à mon assiette de soupe. J'ai le cœur au bord des lèvres.

Le jour est déjà bien installé. Je devrais être parti depuis longtemps.

— Je te chasse pas César, mais tu devrais te mettre en route maintenant.

— Tu as raison Justine. Il ne sert plus à rien d'attendre. Je pars.

Vieilli d'un siècle tout à coup, je me lève et gagne le coin de la cuisine. Je m'accroupis, glisse mon bâton dans le nœud du baluchon. Des embrassades, des larmes retenues, des mots d'encouragement : voilà les derniers cadeaux que m'offre ma famille, ou du moins ce qu'il en reste. À cet instant, j'ai une pensée pour Léa et surtout Guillaume, partis il y a si longtemps.

Je sors de la forge et au mi-temps de la place de l'église, n'ayant pas le courage de me retourner, j'adresse à tous un large signe de la main. J'imagine qu'ils me répondent, mais je regarde droit devant moi. Si je me retournais maintenant, je n'aurais plus la force de poursuivre.

Au loin, un héron survole le canal en direction du nord. Une lancinante tristesse s'empare de tout mon être. Elle m'accompagnera toute la durée de mon voyage et ne me quittera pas pendant les longues années du régiment.

8

Je suis parti depuis une semaine. J'ai quitté sans regret cette ville et cette caserne où se sont évaporées les plus belles années de ma vie. En ces lieux de perdition, je n'ai trouvé que peines et troubles. Parfois je volais un petit bonheur éphémère quand j'arrivais à m'échapper sur la berge de la rivière. Je m'installais alors sur la pente herbeuse et je buvais la nature comme un mort de soif.

Le canal m'a cruellement manqué pendant toutes ces années perdues. Je n'imaginais pas à quel point je suis lié à ce chemin d'eau, à ses odeurs, ses couleurs, sa vie. Entre les murs gris et sales de la caserne, je me morfondais, attendant des jours meilleurs. Et ils arrivent enfin.

Pendant mon temps, une permission me ramena quelques jours au village. J'ai bien failli ne pas repartir. Si mes proches ne m'avaient poussé sur la route du retour, je serais encore à flâner au long du chemin de halage, ou plus certainement en prison à l'heure actuelle.

Bien sûr j'ai rendu visite à mon ancienne écluse. Comment aurait-il pu en être autrement ? L'homme qui m'a remplacé ne m'a pas fait bon accueil. Mal rasé, le regard fuyant et le teint jaune, il passait son temps à boire, seul à l'écluse en journée et le soir au café en fort bonne compagnie. De l'autre côté du canal, le verger était à l'abandon. Les arbres n'étaient plus taillés et les ronces montaient à l'assaut des troncs lisses. Elles enserraient déjà les premières branches basses. Les fruits pourrissaient au sol.

Dans l'écluse, contre les portes métalliques, flottait un épais tapis de feuilles, d'herbe et de branches mortes. Ni mon père, ni moi, nous n'aurions laissé le sas ainsi encombré. Une fourche et un râteau à long manche se trouvaient toujours appuyés contre le mur de la cabane de l'écluse, outils prêts à retirer de l'eau la moindre brindille. Ils n'étaient plus à leur place. Qu'étaient-ils devenus ?

Bref j'ai trouvé l'écluse en piètre état et je suis reparti plus triste que jamais.

Ces mauvaises années sont derrière moi maintenant. Je les ai mise dans ma poche, un mouchoir par-dessus pour les oublier au plus vite.

Je rentre au village pour toujours et je vais récupérer mon écluse. J'en suis persuadé. Le comte ne peut laisser perdurer une situation en sa défaveur. Il va m'accueillir avec joie et je vais pouvoir ramener ma mère au bord du canal, d'où elle n'aurait jamais du partir. Je vais m'armer de courage et tout remettre en état, comme au temps des jours heureux où nous vivions là-bas. Nous allons refermer la parenthèse de ce temps de vie gâché.

Lors de ma seule venue au village, j'avais trouvé ma mère vieillie, faible et surtout immensément triste. Elle ne sortait plus de sa chambre autrement que pour s'attabler à l'heure des repas où prendre un peu l'air dans la cour de la forge. Elle ne traversait même plus la place pour aller jusqu'au cimetière. Elle conservait constamment la tête baissée et restait de longues heures assises sur son antique bergère, les yeux fermés. Elle ne dormait pas. Elle partait en voyage au pays de ses souvenirs. Sans doute devait-elle s'y plonger avec délices car elle retardait de plus en plus l'instant où elle ouvrait à nouveau ses yeux clairs pour revenir dans le monde réel.

Justine s'inquiétait à son propos. Elle ne savait quoi faire pour lui redonner le goût de vivre, ou au moins la sortir de son isolement. Pendant les quelques jours passés chez ma sœur, j'ai eu le désagréable sentiment que ma mère n'était déjà plus vraiment avec nous. Et c'était bel et bien le cas.

Mais tout cela s'achèvera bientôt. Dès mon retour, je me rends au château et nous allons reprendre une vie normale, notre vie d'avant.

Un chien jappe au loin. Aussitôt trois ou quatre lui répondent en écho. Je presse un peu le pas. J'ai toujours eu peur des chiens errants et je n'ai pas envie d'en rencontrer un en travers de ma route. Au détour du large chemin, j'aperçois enfin la ligne de peupliers tant espérée. Juste derrière elle, allongé paresseusement à ses pieds, le canal m'attend. Me voilà !

Ignorant la fatigue, je lâche mon bâton et me mets à courir. J'arrive au bord de l'eau, tombe à genou et plonge mon visage dans une touffe d'iris jaunes de la berge dominant l'eau. À travers les tiges vertes j'admire l'eau qui scintille. Je respire à plein poumon la bonne odeur du canal, mélange d'herbe, de vase et d'humus. Elle m'envahit et chasse les relents de la ville pour imprégner à nouveau tout mon être. Je renais. Je souris. Je suis enfin heureux. Je reste ainsi de longues minutes, oubliant tout autour de moi pour me concentrer uniquement sur le canal retrouvé. Son absence fut si difficile à supporter.

— Ça ne va pas ?

Perdu dans mes pensées, je n'entends qu'à peine la voix de l'homme penché au-dessus de mon corps étendu dans l'herbe.

— Oh, tu m'entends ? Ça ne va pas ?

— Quoi ?

— Ça ne va pas ?

Je me redresse et prends appui sur un coude. Je lève la tête et je découvre un homme grand au regard bienveillant. Son âge semble respectable. D'un coup je prends conscience du ridicule de ma position. Je me redresse, passe une main sur ma veste pour éliminer les brins d'herbe accrochés au tissu. Je lui souris.

— Si merci, mais il y a bien longtemps que je n'ai pas revu le canal. Alors vous comprenez.

— Si je te comprends ! Bien sûr mon gars. C'est dur de vivre loin de lui quand on y est habitué. Il y a encore quelques mois, je vivais sur son dos, mais il paraît que je suis trop vieux pour continuer à naviguer. Pourtant mes jambes et mes bras pourraient encore assurer bien des manœuvres. Enfin j'ai perdu mon bateau. La compagnie ne fait pas de cadeau… Mais je te reconnais. Tu gardais l'écluse des Pesseaux, non ?

— Oui, c'était moi.

— Pas une bonne affaire ton remplaçant, non vraiment pas une bonne affaire.

— Je m'en doute, j'y suis passé il y a deux années en arrière.

— C'était encore pire ces derniers temps. Soûl comme un cochon du matin au soir. Il ne pouvait plus tenir debout. Il arrivait trop souvent qu'il fallait écluser soi-même. Une chance qu'il soit jamais tombé à l'eau. Remarque bien, personne ne l'aurait regretté.

— Et le comte, il ne lui reproche pas sa conduite ?

— Le comte ! Mon pauvre, ça se voit qu'il y a longtemps que tu as quitté le pays. Le comte est malade à ce qu'on dit. Moi j'en sais rien, je suis pas allé voir. C'est son fils aîné qui s'occupe de ses affaires désormais. Et crois-moi, il s'en occupe bien. Oui, il passe son temps à mener la grande vie sur le compte des biens de son père. Le fils liquide. La compagnie, le canal et même les mines, tout part en lambeaux.

— J'espérais pouvoir reprendre mon écluse.

— Si j'étais à ta place, je n'y compterais pas trop. Le beau temps du canal est fini mon gars. L'avenir est sombre et il s'obscurcit encore. Et puis il y a ce satané train qui pille nos marchandises. Ses wagons vident les cales de nos péniches. Allez pense à autre chose. Tu es jeune, tu as la vie devant toi. Déniche-toi un nouveau travail, un qui ait de l'avenir.

Sur ce conseil, le vieil homme m'adresse un amical salut et s'en retourne par où il est arrivé. Abasourdi par ses révélations, je ramasse mes affaires et reprends la route.

Je suis le chemin de halage. J'observe le canal avec un œil neuf et je remarque qu'il n'est plus si bien entretenu qu'autrefois. Moins de bateaux circulent aussi. Toutes les écluses croisées me laissent une impression de résignation. Chaque fois les éclusiers ou les mariniers rencontrés me tiennent les mêmes propos désabusés ; les mêmes que ceux du vieil homme qui me tournent sans arrêt dans la tête. J'étais légèrement incrédule lors de cette première rencontre. Je pensais qu'il tenait ces propos car on l'avait mis de côté. J'imaginais bien son aigreur et son ressentiment vis-à-vis de la Compagnie. Mais je constate un peu plus à chaque pas qu'il a dit vrai. Que vais-je devenir ? Et ma mère ?

L'herbe folle gagne le cœur du chemin de halage. Elle n'est plus fauchée ou pâturée et juste une sente en terre battue subsiste encore grâce au passage de quelques haleurs, hommes ou bêtes, que les moteurs n'ont pas encore écarté. À l'époque de ma jeunesse, un bateau pouvait nous surprendre à l'écluse car nous ne l'entendions pas approcher s'il ne s'annonçait pas d'un coup de corne. Aujourd'hui le chant des oiseaux est couvert par le ronronnement linéaire, parfois chaotique, des moteurs. Alors cheminer sur la berge du canal est de moins en moins aisé puisque les mariniers n'en ont plus besoin pour progresser. Les moteurs les poussent en avant. Ils ignorent donc la terre ferme, sauf à l'heure de la pause au Café de la Marine, de l'Écluse ou du Canal… Certes le transport a gagné en efficacité avec cette évolution, mais le canal a perdu sa sérénité.

Sur la branche basse d'un saule, un héron épie la surface de l'eau. Je me suis arrêté et je ne le quitte plus des yeux depuis quelques minutes. Lui aussi, il m'a manqué à la ville. Là bas, dans le ciel au-dessus de la caserne, aucun de ces grands oiseaux gris dessinant de beaux mouvements aériens, juste d'innombrables petits piafs voletant nerveusement. À force de les regarder, j'en avais presque oublier l'élégant vol du héron, ailes largement déployées et cou ramassé sur le haut de son dos en un S aux courbes harmonieuses. J'ai envie d'admirer encore une fois ce spectacle. Le héron, perché dans le saule ne semble pas décider à me l'offrir.

Je frappe dans mes mains. Il bouge à peine. Je frappe plus fort en criant, aucun résultat. Alors je m'approche et lance une branche morte dans sa direction. Il se décide enfin et, se dressant sur la branche, il prend son envol. Que c'est beau ! Merci l'oiseau.

Je marche encore deux longues journées avant que le paysage me soit à nouveau familier. Enfin, derrière la cime des arbres, j'aperçois le clocher de mon village. Oui, c'est bien lui avec ses ardoises bleues et son coq en cuivre fièrement dressé dans le ciel. Je suis arrivé.

— Salut la compagnie. Me voilà revenu

— Oh César. Tu nous reviens avec le printemps. En voilà une bonne nouvelle. Va vite vers ta sœur, elle va être contente de te voir.

— Moi aussi Joseph, je suis bien ravi de vous retrouver tous. C'est fini maintenant. Je ne bouge plus.

— Tu vas retourner au canal ?

— Eh pardi, je ne sais rien faire d'autre.

— Oui mais tu sais, on dit que le comte est au plus mal et que ses affaires ne valent guère mieux. C'est son fils qui s'en occupe maintenant.

— Un vieux marinier m'a raconté tout cela il y a quelques jours, mais il faut bien que les bateaux passent. Il faut bien du monde aux écluses. L'ouvrage ne se fait pas tout seul et mon remplaçant ne vaut rien.

— Et si le fils ne veut pas de toi ou qu'aucune écluse ne soit libre ?

— J'irai à l'entretien en attendant mieux.

— Mieux, je peux te le proposer. Nous en avons parlé avec ta sœur. Tu peux rester à la forge, mon apprenti est parti. Il était bon à rien. J'ai attendu ton retour avant de prendre quelqu'un d'autre. Justine m'a beaucoup aidé en attendant car j'avais pensé, enfin ce serait bien de travailler ensemble, en famille.

— C'est très gentil à vous, mais je ne suis pas forgeron. J'ai grandi, j'ai toujours travaillé à l'air libre au bord du canal. Je viens d'en être privé trop longtemps pour à nouveau lui tourner le dos. J'ai désespéré entre les murs de la caserne de ne plus sentir la caresse du soleil, la force du vent et la douceur de la pluie. Alors tu voudrais que je m'enferme encore dans l'ombre de ta forge.

— Oui, je croyais

— Je vous remercie d'avoir pensé l'avenir ainsi, d'avoir attendu mon retour, mais comprends-moi, je ne peux accepter ta proposition. Je ferai un bien mauvais compagnon et je n'aurai pas le cœur à l'ouvrage, ni la tête d'ailleurs.

— Je suis déçu, mais je te comprends. Justine aussi va être triste de ta décision. C'est ta vie. Je ne peux que te souhaiter bonne chance lors de ta visite au château.

Les retrouvailles avec les miens furent joyeuses, malgré mon refus de m'installer chez eux. Je vais tout de même rester quelques jours, le temps de retrouver une écluse.

Ma mère a vieilli. Elle est encore plus voûtée que lors de ma dernière visite. Elle ne mange plus, elle picore. Elle est maigre, les os de ses épaules pointent sous son habit de fine toile. Je pourrais la soulever d'une seule main. Elle ne parle plus beaucoup non plus. Elle ne nous écoute pas non plus. Est-elle sourde ? Ma sœur répète à l'envi qu'il n'y a pas plus sourd que celui qui ne veut pas entendre. Elle a peut-être raison. Moi je pense plutôt qu'elle est simplement et irrémédiablement perdue dans ses pensées. En tout cas elle n'est plus avec nous. Elle attend la mort comme une délivrance. Les rares paroles qu'elle a prononcé à mon arrivée furent pour m'assurer qu'elle ne me suivrai plus à présent, qu'elle était trop âgée et trop fatiguée pour à nouveau changer d'air. Tant pis pour le canal.

C'est mieux ainsi. Ce sera plus facile de retrouver une écluse si je suis seul. Bien sûr, j'aimerais revenir à mon écluse, mais je ne serai pas difficile. J'accepterai ce que l'on voudra bien me donner . De toute façon, je serai très rapidement fixé sur mon sort puisque j'ai décidé de me rendre au château dès demain matin.

Pour ce soir, il est temps d'aller dormir. Je pose un baiser sur la joue de ma sœur.

— Je m'en vais coucher dans le lit de l'apprenti.

— Ce n'est pas possible, notre aînée y dort désormais. Elle ne voulait plus partager son lit avec sa sœur. Je t'ai installé au grenier. Il fait bon en ce moment, tu n'auras pas froid.

— Mais oui, c'est très bien. Ne t'inquiète pas.

— Tu ne veux vraiment pas rester avec nous. Nous serions heureux tous ensemble.

— Je te l'ai déjà expliqué Justine. Je ne peux me sentir bien loin du canal. Ma place est là-bas. Je suis content d'être parmi vous. Votre accueil me fait chaud au cœur, mais j'espère partir bien vite. Je dois travailler.

— Du travail, il y en a pour toi à la forge.

— Ce n'est pas mon travail.

— Tu pourrais apprendre. Et puis tu ne serai plus à la pluie, dehors par tous les temps.

— Être dehors, c'est justement ce qui me plaît, été comme hiver. Je veux voir rougir les feuilles des arbres à l'automne, reverdir l'herbe du fossé le long du chemin au printemps. Je veux surprendre le renard au petit matin quand il vient boire au canal et admirer le vol du héron quand bon me semble.

— Tu pourras passer tous tes dimanches au canal puisque tu ne vas pas à l'église.

— Un jour par semaine ! Non, je les veux tous. J'ai perdu trop de temps à la caserne.

— Rien ne te fera changer d'avis ?

— Rien, ni personne. Pas même toi.

— Alors bonne nuit César.

— Bonne nuit.

— Tu veux que je t'accompagne ?

— C'est bon, je connais le chemin. À demain.

Le chant du coq ne m'a pas réveillé. Les yeux grand ouverts, les mains calées sous ma tête confortablement posée dans la plume de l'oreiller, je l'ai guetté. C'est peut-être la chouette ayant trouvé refuge sur la poutre faîtière du grenier qui m'a tiré du sommeil en rentrant de sa tournée nocturne. Ou alors c'est le menu trottinement d'une famille de loirs nouvellement arrivée. Je ne sais pas. Je fixe l'obscurité depuis un bon moment. Jusqu'à présent j'ai résisté à l'envie de me lever, de peur de réveiller toute la maisonnée, mais à présent le coq a chanté. Il est l'heure.

Nous sommes à nouveau réunis autour de la longue table. Nos assiettes de soupe fument doucement, aiguisant notre appétit. Justine s'active aux fourneaux. Personne ne parle.

La journée promet d'être belle. Aucun nuage dans le ciel violet où le soleil se fait attendre. Nous sommes tous levés, sauf ma mère. Je m'en inquiète :

— Que fait-elle ?

— Oh elle a bien le temps. Je ne sais pas si elle est réveillée, mais elle se lève de plus en plus tard.

— Elle est malade ?

— Oui pardi, elle est malade. Elle est atteinte par la vieillesse. C'est une maladie dont on ne guérit pas.

Songeur je plonge ma cuillère dans l'épais liquide odorant. J'ai toujours apprécié la soupe du matin. Elle remplit le ventre et nous donne de la force pour toute la journée. C'est important quand on travaille dehors de l'aube au crépuscule, et souvent plus tard encore.

Ce matin, je me sens vraiment fort avant de prendre la direction du château. Avoir de l'espoir peut paraître une folie si je considère avec lucidité les éléments en ma possession. Mais sans espoir, il n'y a plus de vie. Alors je crois en ma bonne étoile.

— Justine tu donneras le bonjour de ma part à la mère. Je ne peux pas l'attendre. Je vais partir et elle ne sera sans doute pas levée.

J'essuie la lame de mon couteau sur le tissu de mon pantalon. Je la replie dans le manche en corne noire. Je le regarde avec tendresse avant de l'enfouir dans la poche de mon pantalon. Je ne l'ai pas perdu ; c'est toujours le couteau offert par mes parents pour mon certificat d'études. À cause de la pierre à aiguiser qui mange l'acier, la lame est moins large qu'autrefois. La corne du manche est patinée à force de frotter contre le tissu, mais c'est bien le même couteau.

Je me lève, enfile ma veste bien que le temps clément m'incite à partir en chemise. L'orage arrive si promptement parfois que cette précaution ne me paraît pas inutile. Je salue la compagnie et sort de la maison.

Quand je traverse la forge, je m'arrête un instant devant les braises mourantes au cœur du foyer. Je pose la main sur l'enclume froide et lève les yeux sur le grand soufflet suspendu, inutile dans son immobilité calme. Je n'imagine vraiment pas passer le reste de mes jours dans cet atelier, ni aucun autre d'ailleurs.

Les premiers rayons du soleil m'attrapent quand j'arrive sur le chemin de halage. Un couple de hérons frôle la cime des peupliers et se pose un peu plus loin au bord du fossé. Les oiseaux sont en quête d'un déjeuner aisé à piéger, de jeunes grenouilles sans doute. Je quitte ma veste. Je la jette négligemment sur mon épaule et poursuis mon chemin en direction du château.

Je ne tarde pas à apercevoir les briques rouges de ses hauts murs dont l'éclatante couleur contraste avec le vert tendre des feuilles nouvelles des arbres l'entourant. Plus je m'en approche, plus il me semble qu'un changement est intervenu. Je n'arrive pas à analyser cette impression, mais dès que j'arrive à la hauteur de la grille, je découvre avec stupeur le laisser aller général. Le fer de la grille est piqué de rouille par endroits. Le petit jardin entourant la fontaine de la cour est devenu le paradis des herbes folles. Les rosiers n'ont pas été taillés et le bois mort abonde. Quelques ardoises tombées du toit gisent, brisées au pied de l'escalier du perron.

Je n'ose pousser la grille et hèle un domestique traversant la cour à la hâte, la tête baissée :

— Je viens voir le comte de Morières.

— Il n'est pas là.

— Pas le fils, le père.

— Il ne peut pas vous recevoir.

— Mais si, il m'a promis une écluse à mon retour du régiment. Et me voilà.

Comprenant qu'il n'avait pas affaire à un personnage de haute lignée, le domestique me détaille avec attention. Il change de ton et me tutoie :

— Va-t'en. Je te dis que notre maître ne peut pas te recevoir. Il n'accepte aucune visite, alors toi…

— Bon tant pis, va pour le fils.

— Tu es sourd ou idiot. Je te dis qu'il n'est pas là.

— Bien, je vais l'attendre. Je vais m'asseoir devant la grille jusqu'à son retour. Je dois lui parler.

— Fais comme tu veux, mais tu perds ton temps. Tu vas attendre longtemps. Et surtout ne t'avise pas à passer la grille.

Dans un grand éclat de rire, le domestique contourne le château pour entrer par la porte de service à l'arrière. Je reste seul. Je fais quelques pas en direction du canal. De l'autre côté du chemin de halage, une borne en pierre taillée accueille ma lassitude. Mon enthousiasme du matin vient de prendre un mauvais coup.

J'attends.

La matinée passe. Je regarde les bateaux allant doucement. J'en reconnais bon nombre, mais les mariniers ne me voient pas ou ne sont plus les mêmes. Les plus vieux sont désormais à terre.

Je suis toujours assis sur ma borne. À l'inclinaison du soleil sur l'horizon, je devine que l'après-midi ne sera plus très long. Je commence à désespérer. Le défilé des bateaux ne me distrait plus, ni le ballet aérien des oiseaux. Je n'ai rien avalé de la journée. Les bienfaits de la soupe matinale ne sont plus qu'un lointain souvenir. Dans une heure ou deux la façade du château va être plongée dans l'ombre et peu après le canal s'obscurcira. Je repère un creux dans le talus où je pourrai me blottir si je dois passer la nuit ici.

Sans joie, je sens l'humidité envahir la terre. Nous ne sommes qu'au printemps et dès que le soleil déserte la terre, l'ombre apporte son cortège de désagréments avec en tête de liste un froid humide né de la voie d'eau. Il m'arrache un long frisson. J'ai faim. Si nous étions en automne, je trouverais facilement de quoi calmer ma faim en puisant dans la nature environnante. Mais en cette saison nouvelle, les plantes ne sont encore que porteuses d'espoir. Les bourgeons sont à peine éclos. Je mâchonne quelques brins d'herbe pour tromper mon estomac qui manifeste son mécontentement par des crampes douloureuses.

Personne ne viendra au château ce soir. Je ne sens plus mes jambes qui s'engourdissent. Je quitte la borne et gagne le talus. La nuit enveloppe le canal et le château. Je m'allonge pour une nuit sans sommeil.

Bien sûr, je n'ai pas fermé l'œil de la nuit. Les appels des grenouilles et des chouettes, les passages furtifs de la sauvagine ont tenu mes sens en éveil. Et cette humidité froide montant du canal. Mes jambes et mon dos me font atrocement souffrir. Les courbatures crispent mes muscles douloureux. La fraîcheur du petit matin me gratifie d'une désagréable série de frissons.

À la surface de l'eau quelques poissons mouchent et avalent dans une aspiration les insectes nocturnes se débattant désespérément. Je les regarde prendre leur repas matinal avec envie. Je n'ai rien mangé depuis hier matin et je commence à perdre patience.

Je me lève avec peine de mon trou protecteur. Je m'étire. C'est à ce moment que j'aperçois une jeune fille me faire signe à la porte dérobée du parc. Elle semble inquiète car à chaque instant elle tourne la tête en direction des communs du château. Que craint-elle ? Sans plus hésiter, je la rejoins.

— Vite, venez vite. Dépêchez-vous !

Ses cheveux bruns s'échappent en fines mèches folles du foulard de mauvaise toile lui couvrant la tête. Son visage, bien que reflétant une profonde inquiétude, est très avenant. Son regard est franc et direct. Un sourire fugace éclaire ses lèvres quand elle me tend un paquet enveloppé d'un torchon.

— Tenez. Prenez ça pour la peine.

— C'est quoi ?

— À manger. Oh juste quelques bricoles que j'ai pu prendre discrètement à la cuisine. Vous devez avoir faim depuis hier.

— Ah ça oui. Je vous remercie mademoiselle.

— Il faut que je retourne. Au revoir.

— Eh, pas si vite. Pourquoi me faîtes-vous ce cadeau ?

— Il faut que je parte, on va s'apercevoir de mon absence.

— Pourquoi ?

— Vous attendez depuis si longtemps. Et je vous connais un peu. Mon père était éclusier lui aussi. Il connaissait bien le vôtre. Et ce terrible accident ! Oh mon dieu. Vite, au revoir.

Je n'en saurai pas plus. Je la regarde fuir en rasant les murs avec la volonté de se rendre invisible. Elle s'engouffre discrètement dans la cuisine du château par une petite porte pleine. Mon paquet à la main, je regagne mon poste face à la grille principale. Je me pose sur la borne et délicatement je déploie le torchon. Je découvre avec ravissement un bon morceau de lard maigre posé sur une épaisse tranche de pain à la mie bistre. Je sens la salive envahir ma bouche, alors je m'empresse de mordre à belles dents ce cadeau providentiel. Intérieurement je remercie encore une fois mon inconnue bienfaitrice.

Je n'ai pas achevé mon consistant petit-déjeuner qu'un bruit de moteur attire mon attention. Je tends l'oreille. Ce n'est pas celui d'une péniche. Cela ne peut être que le bruit d'une automobile. Je me lève, fourre le torchon dans ma poche et m'essuie les lèvres d'un revers de manche. Je gagne tranquillement le plus près de la grille. Je scrute le chemin de halage filant entre le canal et la sage rangée de peupliers. Une fine poussière puis un point noir mouvant apparaissent. Je reprends espoir.

En moins de temps qu'il n'en faut pour le dire, l'automobile arrive à ma hauteur. Son conducteur stoppe la machine sans couper le moteur. Derrière moi, un serviteur du château ouvre précipitamment la double grille. J'ai conscience de gêner le passage, mais je ne bouge pas. De l'intérieur du véhicule l'homme m'interpelle avec hargne :

— Eh, vous allez vous pousser !

— Oui, mais avant je dois vous parler.

— À moi ? Mais je ne vous connais pas.

Il passe la tête par la portière et me dévisage avec attention. Il craint sans doute d'avoir à répondre de ses actes face à un joueur malheureux et rancunier, ou tout autre personnage de ce genre qui hante ses nuits de débauche. Ses deux petits yeux rapprochés au milieu de son visage ingrat me toise de haut en bas par-dessus les verres de ses petites lunettes rondes.

— Non, je ne vous connais pas et donc je n'ai rien à vous dire.

— Moi si. Votre père me connaît.

Je ne bouge toujours pas. Planté contre la grille maintenant ouverte, le serviteur ne sait quelle attitude adopter. S'il connaissait ma condition, nul doute qu'il m'aurait déjà chassé. Mais il hésite, attend un ordre qui ne vient pas.

— Que me voulez-vous à la fin ?

— Je suis César. Votre père m'avait promis que je retrouverai une écluse à mon retour de l'armée.

— Toutes les places sont prises et ce n'est pas demain qu'elles vont se libérer.

— Il m'a promis.

— Lui, mais pas moi. Et c'est moi qui dirige aujourd'hui. Alors pousse toi et laisse moi passer.

Il enclenche une vitesse et avance doucement. Je le regarde fixement. Je lis la détermination dans son regard. Je sais qu'il ne s'arrêtera pas. Je ne vais pas bouger.

D'un geste brusque, une main me pousse fortement sur le côté. Je n'ai pas le temps de réagir. Je me retrouve assis sur le sol terreux. L'automobile passe, je perçois un éclat de rire. Et avant que je puisse me relever, la grille est déjà refermée. Le fils du comte disparaît dans un garage des communs.

À peine arrivé au milieu de la cour, le serviteur se retourne.

— Il faut aller maintenant. Le fils n'est pas le père. Tu n'en tireras rien de plus. Tu perds ton temps. Va, cherche du travail et crois-moi, éloigne toi du canal. Il n'y a plus d'avenir ici.

— Ils me la doivent cette écluse, au moins en mémoire de mon père.

— Nous vivons dans un monde où la parole donnée ne vaut guère plus que la fiente d'un oiseau. Et ici plus qu'ailleurs sans doute. Allez va et pardonne-moi pour la bousculade mais lui, il t'aurait poussé plus violemment encore.

Je reste interdit, les bras ballants sans savoir comment réagir. Le monde s'écroule autour de moi. La terre se fissure et je perds pied. Je plonge dans un abîme d'incertitudes. Mais très vite la colère gagne. Je me suis fait berner et je ne supporte pas l'injustice. Mon sang se met à bouillir. Je me précipite contre la grille et la secoue vigoureusement. Je vomis ma rage. Je suis hors de moi. Saisissant une pierre dans ma main, je la lance de toutes mes forces contre la porte d'entrée. Le bois craque, tremble. J'en lance une seconde, la vitre d'une fenêtre explose en mille morceaux. Je tiens fermement une troisième pierre dans ma main quand, dans un grand vacarme, la porte s'ouvre. Le fils du comte surgit sur le perron, fusil en main. Il le pointe dans ma direction et hurle.

— Tu as deux secondes pour disparaître sinon je tire.

Il n'aurait pas stoppé au volant de son automobile tout à l'heure, donc il est capable d'appuyer sur la gâchette. Instinctivement je recule et m'abrite derrière le pilier en pierres de la grille. Très énervé, il descend trois marches et tire deux fois en l'air. La première détonation me fait sursauter, la seconde me ramène à la raison.

— Attention, si je viens jusqu'à la grille, je tire, mais pas en l'air cette fois.

Sa voix tremble de rage. Je sens une goutte de sueur perler à mon front. Je lâche ma pierre. J'ai peur et je me mets à courir à toutes jambes en direction du village. Je trébuche une fois, deux fois, mais je coure toujours à perdre haleine. Dans mon dos, j'entends la voix qui crie. Je ne comprends plus aucun mot, mais je sais qu'il faut très vite me mettre hors de portée de la menace de ce fusil placé en d'aussi mauvaises mains.

Je cours jusqu'au village. Je m'écroule devant la porte de la forge.

9

— Voilà, vous savez tout. Il n'y a rien à ajouter. Je ne serai plus jamais éclusier.

Assis, ou plutôt effondré, sur une chaise au bout de la longue table, je ressasse ma mauvaise fortune. Je fulmine contre l'injustice de la vie, mais au fond de moi je sens bien que la colère me quitte. Elle fait place à la résignation et à la tristesse. L'affection dont m'entourent les miens m'aide à supporter cette gifle du destin. Sera-t-elle suffisante pour me permettre de me redresser et poursuivre ?

— Tu sais César, tu peux rester ici le temps que tu as besoin. Tu es mon frère et je n'ai plus que toi. Guillaume n'a plus donné de nouvelles. Dieu sait où il peut être maintenant. Et Léa est si loin. Quant à maman, c'est comme si elle n'était plus là.

— Oui je sais, mais…

— Et notre proposition tient toujours pour la forge. Mais prend ton temps pour décider. Rien ne presse, hein Joseph ?

— C'est sûr, prend ton temps, appuie mon beau-frère avec un bon sourire.

— Vous êtes vraiment gentils, mais je pourrais peut-être aller voir un autre canal ou mener un bateau ?

— Enfin, ta vie est ici. Tu nous l'as assez dit l'autre jour. Que veux-tu trouver de mieux plus loin ?

— Une écluse Justine. Une écluse.

— Allez bois un coup et va te reposer. Les décisions ne se prennent pas sous le coup de l'émotion. La colère est mauvaise conseillère. Laisse passer la nuit et nous pourrons reparler de tout cela demain matin.

— Tu as raison Joseph. Je me sens si las.

On dit que la nuit porte conseil. Ce n'est pas vrai pour tout le monde. Ce matin, je ne sais pas mieux quelle direction ma vie va prendre. J'ai honte d'être sans travail, presque sans avenir. Je n'ose pas quitter mon lit. Cela fait un bon moment que la famille s'active en bas. Je les entends, mais je reste pétrifié dans mon lit. J'aimerais me noyer dans les draps et que les couvertures m'engloutissent. Je me sens plus mort que ma mère qui pourtant n'a jamais été aussi proche de la fin. Je l'ai vue se ratatiner un peu plus à l'écoute de ma mésaventure. Le manque de parole du comte et de son fils l'a offusquée puis accablée. La vie ne lui aura rien épargné.

— Justine, il faut aller voir s'il va bien, propose Joseph. Il devrait déjà être descendu.

— Laisse-le. Il viendra quand il en aura envie. Tu sais, je n'aimerai pas être à sa place. C'est dur de se retrouver ainsi sans rien.

— Il n'a pas rien. Il nous a nous, toi Justine, la forge et surtout il a la jeunesse. Sa vie ne fait que commencer. Alors il faut qu'il réagisse.

— Oui tu as raison. Quand même, laisse lui le temps de se ressaisir.

— Bien sûr, bien sûr. Mais je pense quand même qu'il n'est pas bon pour un homme de se morfondre dans son lit.

— D'accord, j'y vais.

J'entends des pas réguliers résonner sur les marches en bois de l'escalier. J'arrache les draps et je saute hors du lit. Je ne veux pas que l'on me découvre ainsi. J'enfile prestement mon pantalon et ma chemise. J'ouvre la porte à l'instant où Justine gravit le dernier degré. Nos regards se croisent et s'attardent.

— Eh bonjour. Je descends.

— C'est bien César. La soupe est chaude et je venais voir si tu en voulais.

— Quelle idée, bien sûr que j'en veux. J'ai faim.

— Ah…

— Et puis Joseph doit avoir besoin d'aide. Il se fait tard. Je n'aurai pas du tant traîner.

Un large sourire éclaire le visage de ma sœur, mais dans ses yeux je lis l'étonnement et le doute. Ne suis-je pas assez convaincant ? J'essaye pourtant de faire de mon mieux pour accepter la place que le sort m'a désigné. Certes, je suis incapable d'exulter, mais je veux me montrer beau perdant toutefois. Cette attitude de circonstance ne dupe pas Justine. J'en suis certain. Elle fait mine de me croire. Et pour me montrer sa satisfaction, elle me pose une bise sonore sur ma joue pas rasée.

— Te voilà artisan alors. Tu verras c'est très bien. Et dimanche nous irons tous faire un tour au canal.

— Ah non, il n'en est pas question !

Ma réaction est trop vive. Elle trahit la plaie largement ouverte. Justine le comprend et n'insiste pas.

— Comme tu voudras César. Nous ferons comme tu voudras.

Mes premiers jours à la forge sont laborieux. Sans cesse je regarde le ciel par la porte ouverte. Je n'arrive pas à me concentrer sur l'ouvrage pourtant simple que me donne Joseph. Je suis là et tout à la fois ailleurs. Mes pensées vagabondent malgré moi au fil de l'eau. Au rythme des heures passant trop lentement, je m'imagine travaillant autour de l'écluse et du canal. Devant mes yeux volent les hérons, sautent les poissons. Les remous de l'hélice des péniches brassent l'eau. Je sens la caresse des rayons du soleil sur ma peau.

Soudain je fais un vif bond en arrière. Non ce n'est pas le soleil, c'est la chaleur des braises échappées du foyer.

— Eh attention bon dieu. Tu vas bien te brûler.

— Pardon Joseph, pardon.

— Fais donc attention, ça brûle un atelier. Et on n'a pas besoin de ça.

— Je sais… Je suis plus une charge qu'une aide pour toi. Je m'en rends compte. J'aimerais mieux faire, mais vraiment je ne suis pas à ma place ici.

— Je le vois bien. Mais avec le temps, tu y arriveras. Il faut avoir confiance en toi.

— Le temps et la bonne volonté ne seront pas des alliés, tout juste une béquille. Je ne suis pas fait pour ce métier, c'est tout. J'ai besoin d'air. Je suis vraiment désolé Joseph. Je ne te remercierai jamais assez pour tout ce que tu fais pour moi, pour ta patience, mais je crois que je vais partir.

— Tu crois ou tu en es sûr ?

— Donne-moi une gaffe en main, ah oui alors, mais une pince et un marteau, c'est autre chose. Tu es né ici toi. La forge c'est l'univers où ton père t'a initié. Tu peux comprendre. Moi je suis né au bord du canal et mon père était éclusier. Mon univers est là-bas.

— Certainement je te comprends et je peux bien t'avouer que je n'ai jamais cru que tu pourrais t'habituer. Mais ta sœur le souhaitait tant. J'ai fait tout cela pour elle aussi.

— Alors tu vas m'aider à lui expliquer.

— C'est plus simple, va. Elle le sait déjà que tu ne peux pas vivre entre quatre murs noircis de fumée. Elle s'en est rendue compte dès le premier jour que ça n'allait pas marcher. Elle n'a rien dit. Je pense qu'elle croit encore au miracle. Mais de miracle, il n'y en aura pas. Nous le savons tous.

Je le prends dans mes bras et l'étreins chaleureusement. Puis je recule d'un pas et, tenant toujours ses épaules dans mes mains, je le regarde droit dans les yeux.

— Merci Joseph, merci. Je suis soulagé. Je ne savais pas comment vous dire cela. J'ai l'âme plus légère à présent.

— Dès ce soir tu pourras préparer tes affaires, mais ne pars que dans deux ou trois jours, le temps que Justine se fasse à cette idée.

Voilà, je suis à nouveau sur les routes. Les adieux à ma famille furent déchirants et mon cœur était serré en embrassant ma mère. Sans doute ne l'a verrai-je plus de son vivant. Je n'ai pas la moindre idée où mes pas vont me porter. Je ne sais même pas si je vais retrouver une écluse. Mais il fallait que je parte.

J'ai en main un solide bâton et une besace sur l'épaule contenant mes maigres affaires. Justine m'a préparé un panier rempli de vivres. Je vais pouvoir marcher quelques jours sans me préoccuper de ma subsistance. Pour le gîte, une grange ou une cabane fera l'affaire. Je n'ai pas les moyens d'être exigeant.

Quand je suis revenu au village, il y a quelques semaines, je ne pensais pas que la vie allait me pousser à le quitter si vite. Je me voyais rentré pour toujours. J'y laisse de bons souvenirs, mais aussi beaucoup de peines. Je ne suis même pas retourné à mon écluse avant de partir ce matin et j'ai fait un grand détour pour retrouver le canal bien au-delà du château. Je n'avais pas le cœur à croiser à nouveau ces lieux et je ne voulais surtout pas que remonte la colère. Si à l'instant je rencontrais le fils du comte, seul et désarmé, j'ignore ce dont je serais capable. Alors je préfère prendre mes précautions.

Je vais donc suivre le canal jusqu'à l'embranchement où il rejoint celui qui traverse les collines. À partir de ce point, les mines du comte de Morières sont loin et cette famille n'a plus d'intérêts à défendre. Je ne sais pas qui gère cet autre canal, mais j'aurai bien le temps de me renseigner en chemin. Il doit bien exister là-bas une écluse pour moi. On dit qu'elles sont nombreuses les unes à la suite des autres pour franchir les collines.

Je me retourne encore, mais à présent je ne distingue plus le clocher du village. Sa silhouette élancée se confond avec celles, confuses, des nombreux arbres de mon pays de bocage. J'ai vraiment tourné une nouvelle page du livre de ma vie. J'espère que l'écriture des prochains chapitres m'apportera plus de joies que de peines. J'en ai besoin. Il est aisé de penser qu'il ne tient qu'à moi de rendre cette écriture joyeuse, mais ce n'est pas si simple. Je ne possède pas les clefs de mon avenir. Je dépends de ceux qui vont me permettre de gagner de quoi vivre. Pour nous, les petites gens, il en a toujours été ainsi et je crois que le changement n'est pas pour demain. Si je ne trouve pas mon bonheur au long de ce nouveau canal, je serai condamné à chercher auprès d'un autre et mon errance se poursuivra. Alors l'écriture sera sombre. En revanche, si je trouve rapidement un écluse… Il est bien vrai que l'espoir fait vivre.

Les grands arbres projettent leurs ombres sur les herbes hautes de la rive. Ces dernières n'ont pas connu la morsure de la faux cette année. Le vent s'amuse à les contraindre à exécuter une folle danse où leurs tiges s'enlacent violemment jusqu'à parfois se briser. Mes grandes enjambées creusent un sillon dans cette marée végétale sans cesse en mouvement.

Dix jours, onze peut-être, je ne me rappelle pas. J'ai perdu le compte des heures qui passent. J'ai économisé mes vivres, mais ce repas sera le dernier offert par la générosité de ma sœur. Dès demain, il me faudra trouver une solution pour ne pas avoir à mendier. Je peux jeûner une journée ou deux, au-delà je ne saurai pas faire. Je vais peut-être devoir apprendre. Je peux toujours échanger mon panier contre un morceau de pain et de lard.

Ce matin, je suis arrivé à la jonction des deux canaux. En quittant le mien, je tourne définitivement le dos à mon passé. J'ai pris à main droite, vers les collines se dessinant mollement au loin. À la première écluse croisée, j'ai quêté quelques renseignements. Désormais je sais où je dois me rendre pour éventuellement obtenir une écluse. Encore deux ou trois jours de marche et je serai fixé sur mon sort. Personne ne m'attend, mais j'ai foi en ma bonne étoile. Jusqu'à présent, à part quelques chiens agressifs et un violent orage, mon voyage s'est plutôt bien déroulé. J'ai confiance.

Pour déguster ce qu'il me reste de pain et de fromage, accompagné du dernier oignon, je me pose confortablement au pied d'un majestueux chêne, le dos appuyé contre son tronc accueillant. Je goutte avec bonheur la fraîcheur de ce début de soirée. La journée a été chaude et l'ombre rare le long du bief de ce canal.

J'ouvre délicatement la lame de mon couteau et entame la croûte dure du pain. Je perçois un bruit de moteur dans le lointain, mais je n'y prête pas attention. Je mange tranquillement, les yeux fermés. Je ne reste pas longtemps ainsi car aussitôt me reviennent les images de ma vie d'avant au village et la peine me serre le cœur. Faire mon deuil de cette vie sera long.

Le bruit devient de plus en plus présent au fil des minutes. Soudain à la sortie d'une courbe du canal, je vois apparaître une péniche. Je la reconnais immédiatement, mais autrefois elle ne possédait pas de moteur. La houache, trace tourbillonnante que le bateau laisse derrière lui, trahit la puissance de cet apport mécanique.

Je me souviens avec bonheur de la soirée passée dans le logement du marinier et le repas chaud partagé alors que dehors la pluie redoublait. Le visage de la jeune fille rousse aux yeux verts, rencontrée pour la première fois alors que je revenais chez moi par le chemin du halage, s'impose devant mes yeux. C'est ce visage qui avance vers moi et non la péniche.

— Eh là mon garçon, attrape la corde !

Je saisis ferment à deux mains l'épais brin de chanvre lancé depuis le plat-bord par la femme du marinier. Je l'enroule promptement autour d'une borne en pierre avant de la relancer en direction de la péniche qui doucement vient épouser la rive herbeuse du canal. Quelques instants plus tard, le marinier coupe le moteur et quitte la pénombre de sa marquise.

— Ça alors, pour une surprise, c'est une surprise. Je te reconnais bien à présent. Que fais-tu là ?

— Je vais voir pour trouver une écluse dans le coin.

— J'ai appris tes ennuis. Cette famille de Morières n'est pas recommandable. Ça se veut le haut du panier et ça agit comme la pire canaille. Cela fait quelques années que j'ai cessé de naviguer par là-bas. Dès que j'ai pu trouver de quoi charger ailleurs, je n'ai pas demandé mon reste. Et comme tu me vois à présent, je suis le plus heureux des hommes.

— Ça fait plaisir pour vous.

— Allez monte, on va causer. Et on va partager la soupe aussi. Tu n'as pas besoin de te mettre à l'abri de la pluie aujourd'hui, mais en mémoire de ton père, je t'accueille comme un fils.

J'ai bien vite rangé ma maigre pitance au fond de ma besace et j'ai profité d'un bon repas chaud arrosé de moult verres de vin, puis le café et la gnôle pour pousser le tout. Un petit verre en main, à nouveau rempli d'un liquide incolore mais fort odorant, nous devisons tranquillement. Le calme et le silence règnent à l'extérieur du bateau.

— Alors comme ça tu veux encore être éclusier.

— Je ne sais faire que ça.

— Tu aurais du apprendre un bon métier. Nous, nous n'avons pas voulu que notre fille épouse un marinier et passe sa vie sur un bateau. Elle s'est trouvée un mari qui travaille dans l'administration. C'est bien tu sais l'administration. Aujourd'hui, elle vit dans une belle maison à la ville. Au fait, tu te souviens d'elle ?

— Oui… Je m'en souviens.

Je bafouille plus que je ne réponds. Comment aurais-je pu l'oublier ? Elle est la seule fille pour laquelle mon cœur a vacillé. Bien sûr pendant mon temps militaire, j'ai connu quelques filles offrant leurs services, enfin offrant c'est façon de parler. Mais en rien elles n'étaient comparables avec cette douce apparition de ma jeunesse.

— Elle a bien changé tu sais. C'est devenu une femme. Elle a deux beaux enfants… Après manger on va te faire un bout de conduite.

— C'est gentil, mais je peux marcher.

— Bien sûr que tu peux marcher, mais nous allons dans la même direction, alors ne sois pas bête et reste sur le bateau.

— D'accord, c'est de bon cœur. Ça économisera un peu mes souliers. J'ai tant marché depuis le village.

10

Je suis de nouveau éclusier. Depuis ce jour où la compagnie de mon nouveau canal a accepté que je prenne en charge cette écluse du Bout du Monde dont personne ne voulait, je suis à nouveau heureux.

Elle n'est pas en bon état. Les pierres disjointes du sas ménagent de nombreux points de fuite pour l'eau, et les crémaillères des portes métalliques n'ont plus connu la douceur de la graisse depuis bien longtemps. Perdue au milieu des bois, cette écluse porte bien son nom. Le chemin de halage longeant le canal est constamment à l'ombre et la végétation l'envahit. Il est grand temps de me retrousser les manches pour combattre friches et broussailles.

Croissant en mains, je brasse l'air chaud de cette fin d'été au ras du sol pour faucher les plantes vigoureuses gorgées de sève. Je progresse péniblement et souvent le taillant de mon outil reste planté dans le bois d'un jeune arbre caché dans l'enchevêtrement des ronces. Je dois m'y reprendre à deux fois pour en venir à bout. La sueur inonde mon visage et coule dans mon cou et sur ma poitrine. Souvent je cesse mon labeur un instant. Je me redresse et ainsi soulage mon dos trop longtemps courbé. C'est à l'occasion d'une de ces nombreuses pauses que je l'aperçois.

Une silhouette voûtée avance doucement le long du canal. Je n'arrive bien sûr pas à en deviner l'identité, mais elle me paraît familière. Quelque chose dans sa démarche et son allure attire mon attention. Je pose mon outil dans l'herbe du chemin et avec soin, protégeant mes yeux avec la main à plat pour mieux voir sans être aveuglé, je fixe la silhouette plus proche déjà. Elle semble vouloir venir jusqu'à moi.

Soudain elle cesse sa progression et sans aucun doute regarde dans ma direction. Timidement je lève un bras, lui adressant un amical salut. Elle me répond aussitôt de la même manière et reprend sa marche.

Je pars à sa rencontre. Plus j'avance et plus j'acquiers la certitude que je connais celui qui vient à moi.

Maintenant, je suis suffisamment près de lui pour découvrir que cet homme a subi une douloureuse expérience. Son corps est déséquilibré. Au bout de son bras droit, sa main s'agrippe à une canne métallique d'un noir profond dont l'extrémité est maculée de boue séchée. En revanche, son côté gauche n'offre que le néant. La main et le bras ne sont plus. Ce dernier est coupé juste en dessous de l'épaule.

Il approche. Surpris, je m'exclame :

— Ah ben ça alors, si je m'attendais !

— Oui, me voilà… Ça fait longtemps.

— Tu peux le dire. Oui, très longtemps.

— Tu as l'air en forme toi.

— Je fais aller. Et toi, tu vas comment ?

— Tu vois bien, un bras en moins et beaucoup d'illusions perdues en chemin. Je suis usé de partout. Je sens la fin venir, alors j'ai voulu revenir au pays.

— Ah oui, revenir. Mais tu aurais pu le faire avant.

— Peut-être, sans doute même. Et tu fais quoi toi sur cette écluse ? Pourquoi t'es pas aux Pesseaux ?

— Je n'ai pas retrouvé l'écluse familiale au retour de l'armée. C'est une sale histoire, mais il faut bien vivre. Alors j'en ai cherché une autre ailleurs pour rester au bord du canal, enfin d'un canal. Je ne sais faire que ça. Et toi mon frère, raconte-moi cette longue absence.

— Elle n'a rien de très réjouissante et je vais te la dire, mais pas avant d'avoir mangé un morceaux. Je n'ai rien avalé depuis hier que la poussière du chemin.

— Viens, rentrons.

Attablés ensemble autour de la table que j'ai installée devant la maison éclusière pour profiter des belles journées et surtout des douces soirées, nous restons un long moment silencieux en sirotant plusieurs verres de vin à la suite. Puis, sans raison précise, il se décide à parler. Il ouvre les vannes de sa mémoire et un flot trouble et ininterrompu s'écoule comme un torrent lors de la fonte des neiges.

Il parle de son départ, de l'armée, de l'Afrique, des étés où la soif tuait plus sûrement que l'ennemi, où les tempêtes de sable étaient pires que le brouillard enveloppant le canal de son enfance. Il évoque les longues semaines clouées sur sa paillasse infestée par la vermine et rongé par la fièvre mauvaise des tropiques. Il se souvient des traîtrises des traînes misères comme lui qui essayaient simplement de survivre au cœur d'un univers hostile et impitoyable auquel il n'était absolument pas préparé. Beaucoup de ses camarades s'abîmèrent dans la folie, d'autres se suicidèrent et quelques-uns, comme mon frère, en revinrent. Tous accusaient une profonde affection morale ou physique, parfois les deux. Guillaume affirme que cette longue campagne africaine ne lui coûta que son bras. En l'écoutant attentivement depuis plusieurs heures, je crois qu'il n'a plus vraiment toute sa raison. Des étincelles dans ces yeux sans cesse en mouvement m'inquiètent. De temps en temps, au moment le moins propice, il éclate d'un rire sonore ou se met à glousser dans sa barbe hirsute. Son aspect physique, hormis son infirmité, est vraiment repoussant. Certes, il n'avait pas mangé depuis longtemps, et il fit honneur au peu que je lui ai offert, mais depuis bien plus longtemps encore, sa peau et ses vêtements n'avaient pas connu les bienfaits de l'eau savonneuse.

Il cesse de parler comme il a commencé. Le flot se tarit à l'instant même où il repose son verre vide sur la table. Mais il n'a pas dit l'essentiel. Je ne sais toujours pas comment et pourquoi il a perdu son bras.

Je ne devrais pas, mais je lui resserre un verre de vin. Il, nous en avons déjà assez bu certainement. Pourtant ma main s'empare de la bouteille. Le liquide rouge foncé remplit le verre culotté. Je veux connaître la fin de son histoire et je sais que l'alcool l'aidera à poursuivre son récit, aussi inavouable soit-il.

Bien sûr, il peut me mentir, mais je suis persuadé que ce soir pour la première fois de sa vie, il est honnête. Son âme semble si lourde que s'en décharger est une délivrance.

— Et ton bras ?

— Quoi mon bras ?

— Raconte ce qui s'est passé. J'aimerais savoir.

— Ce n'est pas glorieux, vraiment.

— Qu'importe, tu es revenu désormais. Et c'est cela le plus important. Le passé est le passé. Il faut l'accepter pour continuer.

— Continuer vers quoi ? Je ne sais rien faire. Dans ma vie, je n'ai fait que voler, me battre et tuer. Je ne sais pas pourquoi je suis revenu. J'aurais du rester allongé là-bas comme tant d'autres. J'ai fait le chemin de retour, j'ai repris le bateau. C'est ridicule.

— Si tu me dis ce qui t'est arrivé, je pourrais peut-être t'aider.

— À quoi bon. Tu m'as reconnu, tu m'as nourri, donné à boire et surtout écouté. C'est suffisant. Je n'en demande pas plus.

— Moi si. Je veux savoir. Tu es revenu vers moi, tu dois me dire.

Guillaume baisse la tête et pendant de longues minutes. Il observe les veines irrégulières du bois tâchée de la table. Je le laisse errer dans ses pensées. Je crois qu'il cherche la meilleure façon de me raconter la suite de sa vie mouvementée et de cet épisode qui lui fut si douloureux.

Quand il relève la tête, il reprend :

— Tu veux vraiment savoir ?

— J'attends.

— Je n'ai jamais cessé de voler. Ce que je ne pouvais pas obtenir mais dont j'avais besoin ou envie, je le prenais de force. Pourquoi je me serais privé, c'était si simple ainsi. Alors que nous étions coincés dans une vallée aride aux parois abruptes, nous n'avons plus rien à manger. Il y avait un campement au fond de cette vallée. À la force de mon arme, j'ai dérobé de quoi nous restaurer. Le lendemain, ils sont venus. Ils étaient armés de longs cimetères. Ils m'ont saisis et m'ont coupé le bras. Je n'ai pas compris. D'ordinaire, on coupe la main droite au voleur. Eux, ils m'ont coupé le bras gauche.

— Ils t'ont laissé partir ensuite ?

— Tu le vois bien. Je crois qu'ils étaient persuadés que je n'arriverai pas à sortir vivant du désert. Mais j'ai survécu. Je ne sais pas comment j'ai fait. J'ai souffert, bon dieu que j'ai souffert. J'aurai du mourir là-bas.

Tant de barbarie, tant de souffrance. Mon frère n'est certes pas un exemple à suivre, mais doit-on amputer physiquement un homme pour cela ?

Il a déjà vidé son verre et il n'attend pas que je lui propose un autre verre. Il se ressert sans aucune hésitation. Il ne sirote plus son verre, il l'avale d'un trait. Cette confession lui a coûté, je le lis sur son visage. Ces yeux brillants roulent plus que jamais dans leurs orbites. Il a un regard de fou. Ces gestes sont moins précis. Son verre lui glisse de la main à plusieurs reprises.

Quant je veux le sevrer d'alcool, il s'emporte et se lève brusquement, renversant la bouteille vide qui se brise au sol. Je tente de le calmer. Rien n'y fait. Ses bras font des moulinets dans l'air de la nuit venue. Ses propos deviennent de plus en plus incohérents. Son vrai visage m'apparaît, irascible, colérique et ne supportant aucune contradiction.

— Guillaume, apaise-toi. Arrête de crier et assied-toi.

— Tu sais ce que tu voulais savoir. Alors fous-moi la paix maintenant.

— Mais je ne te veux pas de mal. Tu as trop bu. Viens dormir et nous reparlerons demain matin.

— Dormir chez toi, dans un lit ! Tu rigoles ou quoi. Il y a des années que je n'ai pas dormi dans un lit. Je ne sais même plus à quoi ressemble un drap.

Un nouvel accès de rage le fait reculer vers l'écluse. Il s'emporte à nouveau :

— Fous moi la paix je te dis. Je n'ai rien à faire de ton aide.

— Pourquoi es-tu revenu alors ?

— Pour que tu saches, pour que tout le monde sache.

Il n'a pas le temps d'ajouter un mot. Il se prend le pied dans le manche d'un outil traînant au sol. Sans un cri, il bascule avant dans l'écluse. Je vois avec horreur mon frère s'enfoncer comme une masse dans l'eau froide et sombre.

Le temps pour moi de réagir, plus un remous ne vient troubler la surface de l'eau. Désespérément, je plonge une longue perche dans l'eau et je fouille le sas plein à ras bord. Accompagnés de cris, mes gestes sont désordonnés. Je hurle le nom de mon frère à perdre la voix. Mon écluse est isolée. Je reste seul, impuissant avec mon désespoir.

Au bout d'une heure, je m'effondre au bord de l'écluse, en larmes. Après mon père, mon frère. Le canal les a dévoré tous les deux.

11

Voilà deux mois que mon frère s'est noyé. Sa vie s'est achevée comme elle avait débuté, dans la violence. Ma mère l'a suivi de peu. Elle est morte dans son lit quelques jours après ma visite. L'épuisement et le chagrin ont eu raison de ses dernières forces. Je n'aurais jamais du lui avouer la vérité de ce nouveau drame, mais elle l'a exigé. Je n'ai jamais pu lui désobéir.

Léa n'a entrepris le voyage pour aucun des deux enterrements. Son bateau suivait des eaux trop éloignées de chez nous et quand elle reçut la lettre de Justine, il était trop tard. La terre des tombes était déjà bien tassée. De toute façon elle ne serait sans doute pas revenue au pays. Depuis quatre ans, elle reste à longueur d'année aux Pays-Bas où le trafic est plus intense et les chargements plus aisés à trouver. Cette vie semble lui convenir parfaitement. Je n'arrive pas à déceler la moindre parcelle d'ombre entre les lignes de ses lettres. Nous ne lui manquons pas. Cela me peine. En revanche Justine n'est pas surprise. Elle a toujours su voir en sa sœur un oiseau aux ailes déployées. Elle s'attendait donc à ce qu'elle s'envole très loin du nid. Pire, elle est même persuadée que nous ne la reverrons jamais.

Je ne connais pas ses enfants. Mon neveu et ma nièce ont déjà fêté de nombreux anniversaires et je les imagine donnant la main sur la péniche familiale au fil de l'eau de ces lointains canaux du nord qui me séparent durablement d'eux.

Après l'enterrement de ma mère et le banquet qui a suivi, j'ai sans délais repris le chemin de mon écluse. J'ai marché quelques jours puis j'ai pris l'autocar de peur de rester absent trop longtemps. Depuis mon retour de l'armée, j'ai toujours vécu dans la peur de perdre ma place. Aujourd'hui encore l'incertitude m'angoisse. Je suis heureux de retrouver le calme du canal en ce lieu isolé.

Les bassinées rythment mon quotidien. Les jours passent, puis les saisons et les années. Rien ne vient perturber ma vie rangée. J'accomplis chaque geste comme un automate bien réglé.

Je me sens, je me vois vieillir doucement. Depuis quelques semaines des douleurs apparaissent chaque matin et ne me quittent qu'à l'approche de midi. Mon corps se rouille. Mes articulations se bloquent. Je dors de moins en moins. Alors j'en profite pour flâner et écouter attentivement les bruits de la nuit. Sortie après sortie, j'apprends à reconnaître les habitants nocturnes peuplant les abords du canal. Je ne leur avais jamais prêté attention auparavant. Désormais tout un monde nouveau s'ouvre à moi. À l'heure où les cheveux gris envahissent ma coiffure, je retrouve ma curiosité d'enfant et le sourire.

Année après année, je constate que de moins en moins de bateaux sillonnent le canal. Les chargements glissent des péniches vers les wagons des trains de marchandises. Et il paraît que déjà les camions sur les routes vident les trains. Que peuvent les mariniers et les compagnies de transport sur l'eau face à cette évolution si rapide ? Les camions irriguent le cœur des régions quand nos canaux ne font que les effleurer.

Je discute souvent avec les mariniers, le temps d'une bassinée. Les enfants ne prennent plus la relève. La dure vie sur l'eau ne les attire plus. Ils fréquentent les bancs des écoles de plus en plus longtemps. Ils découvrent d'autres horizons que ceux linéaires des chemins d'eau. Ils épousent des filles ou des garçons d'à terre et finalement ils s'habituent à cette vie immobile. Alors quand sonne l'heure de la retraite pour les parents, le bateau entre en cale sèche. Et comme il ne se vend pas, il est déchiré. Une fin peu digne pour de si longues années de bons et loyaux services. Aujourd'hui, les chantiers navals sont plus des entreprises de démolition que des concepteurs de bâtiments neufs.

Je croyais finir ma vie ainsi. Aider des bateaux à franchir le dénivelé de mon écluse m'a toujours paru une noble tâche. Mais ce matin, j'ai reçu une nouvelle mission. En plus des bassinées et de l'entretien de l'écluse, je dois œuvrer aux travaux de restauration du canal et de ses berges. La compagnie ne réalise plus assez de bénéfices pour conserver ses équipes d'ouvriers maçons et terrassiers. À mon âge, je dois apprendre un nouveau métier. C'est vraiment difficile physiquement et moralement. Mon corps se rebiffe quand, au plus fort de l'hiver, il faut patauger toute la journée dans les quelques centimètres d'eau glacée demeurant au fond du bief vidé. Il se rebiffe, mais je n'ai pas le loisir de l'écouter. Il faut qu'il avance sans faillir.

Les journées deviennent trop longues et les nuits sont toujours trop courtes. Je me vide de mes forces vitales, puise dans mes réserves. Les douleurs de mes membres et de mes articulations me font souffrir toute la journée maintenant. Que mes jeunes années sont loin ! Celles où je pouvais courir sans répit de l'école du village à l'écluse des Pesseaux, où je poursuivais les écureuils de peupliers en peupliers. Souvent pendant la journée je suis obligé de m'asseoir pour reprendre mon souffle et quelques forces. Il est vrai que j'ai fêté mes soixante-six ans la semaine dernière. Soixante-six années de vie solitaire, ponctuées de quelques rencontres passagères.

Il ne vient vraiment pas souvent jusqu'à moi. C'est vrai que je ne reçois jamais de courrier. Quand j'aperçois son képi filant au-dessus des roseaux de la berge, je tire la bouteille mise au frais dans le puits et je pose deux verres sur la table.

Il descend de vélo, l'appuie négligemment contre le mur. Il plonge sa main dans la sacoche pendant à son épaule. Il s'approche de son habituel pas lourd et hésitant. Il me tend une enveloppe. Cette fois, je reconnais le tampon de la compagnie sur le papier ocre. J'hésite à m'en emparer. Je n'ose pas l'ouvrir, imaginant aisément qu'elle n'est pas porteuse d'une bonne nouvelle.

Le soleil bascule derrière la haute cime des arbres. Je suis resté toute la journée assis à la place où le facteur m'a laissé. Seule l'enveloppe traîne encore sur la table. Un coup de vent a poussé la lettre contre le mur de la maison éclusière. Elle gît à terre, comme mes dernières illusions perdues. Le canal va être prochainement déclassé, donc interdit à la navigation et surtout laissé à l'abandon. Je dois quitter l'écluse dans quelques semaines. Je suis mis à la retraite d'office. Je n'en veux pas de cette retraite que l'on m'impose. Je veux poursuivre mon travail, vivre et mourir ici, au bord du canal. Je sais bien que cela ne sera pas, mais je n'arrive pas à l'accepter.

Pour la seconde fois je dois quitter un lieu qui est ma raison de vivre. Un bref instant, je songe à suivre l'exemple de mon frère. Il serait si simple de plonger dans l'eau froide de l'écluse et de me laisser aller.

Je sors de ma poche le couteau à manche de corne noire offert par mon père, il y a soixante ans. La lame est usée à force de passage sur la pierre, mais il me fait encore bon usage. Je le fais tourner dans mes mains. Je me lève d'un bond et m'approche de l'eau. Je regarde mon couteau une dernière fois et le jette de rage au milieu du canal en criant :

— Toi au moins tu resteras là. Moi je pars.

Le lendemain, je prends l'autocar en direction de village qui m'a vu naître. Une valise dans chaque main, je débarque sur la place de l'église. Je vais frapper à la porte de la forge de Joseph. Le feu est éteint dans le foyer depuis longtemps. Joseph nous a quitté, mais ma sœur vit toujours ici.

12

Voilà, je viens d'écrire ma vie. L'encrier est presque vide. Il ne me reste plus longtemps pour tracer le mot fin.

Ma sœur m'a accueilli à bras ouverts quand j'ai débarqué chez elle. Nous finissons de vieillir ensemble, nous entraidant quotidiennement.

Dès que le temps le permet, je vais de ma démarche chancelante jusqu'au canal. Je ne suis pas le chemin de halage car j'ai peur que mes jambes se dérobent sous moi au moment du retour. De toute façon, que verrai-je plus loin ? Les herbes folles envahissent les berges et les algues étouffent l'eau que plus aucun passage de péniche ne vient troubler. Seuls les pêcheurs font encore des ronds dans l'eau en lançant leurs lignes.

Le canal se meurt. Et moi, assis sur une borne en pierre taillée, je le regarde, impatient d'en finir. Le canal se meurt et je l'accompagne. Une mauvaise toux m'arrache les poumons et me ploie en deux à intervalles de plus en plus proches.

Je viens d'écrire ma vie. Je laisse le cahier sur la table. J'ai tracé d'une main hésitante les lettres du mot fin. L'encrier est vide. Je suis fatigué. Je vais me coucher.

Le vol du héron

Ce livre a été imprimé en numérique à la demande pour la première fois par Lulu Enterprise, 3101 Hillsborough Street, Raleigh NC 27607
United States

*

Edition de la Mouette, 41 rue des lauriers-roses 34200 Sète (France)

editiondelamouette@aliceadsl.fr

*

Retrouvez les auteurs et le catalogue de l'Edition de la Mouette sur : www.editiondelamouette.com

N°ISBN : 978-2-917250-60-0